招財貓與發光小菇

文・圖／王喻

目錄

c.o.n.t.e.n.t.s

1　都是咕咕魚麵惹的禍！

「小貝，恭喜你！從今天起，你就是我的小狗了！」有一天，小玉把她最愛抱著玩的一條毛巾被「小貝」捆了捆，綁上帶子，把它變成了自己的「寵物狗」。

毛巾被小貝變身為小狗的詳細過程是這樣的：小玉專注地皺著眉頭、舌頭半吐著，把毛巾被攤開來，又摺起來，研究了半天，最後，她把這條淡黃底色上綴著藍色小花朵圖案的毛巾被輕輕捲起，攔腰對摺，再找出一條媽媽的白色布腰帶，密密實實地捆紮了一番，在中間打了個

蝴蝶結！好，變身完成！

傍晚的時候，小玉坐在書桌前，一隻手摟著寵物狗寫功課，被媽媽發現了。

媽媽說：「原來我那件白色洋裝的腰帶在這裡！小玉，妳把那條舊毛巾被弄成這樣做什麼？」

「這是我的小狗小貝，不是舊毛巾被。」小玉回答。

「好吧，隨便妳怎麼說好了。我先警告，待會吃晚飯的時候，別把什麼小狗小貝帶上桌。今天我做了新菜色『咕咕魚麵』，妳要幫我試吃，看看好不好吃喔！」

「聽起來好像很好吃的樣子。」小玉說。

媽媽聽了這句話，原本嚴肅的面孔立刻有了一百八十度的大轉變，變得好慈祥。她笑嘻嘻地說：「對呀！我有把握這道菜一定會成功，大受歡迎。第一啊，因為它很健康……」

你們說大人奇怪不奇怪？小玉明明只是說「聽起來好吃」，又不是說「真的很好吃」，不知道媽媽為什麼要那麼高興呢？

「媽，我還要做功課耶！」

「OKOK！反正等一下妳就可以吃到了。到時候要告訴我真正的感想喔，那樣的話，我就可以把這道菜放進新的食譜裡了。別忘了七點準時開飯！」媽媽興奮地搓著雙手走出小玉的房間。或許她的心裡正盤算著自己那道新發明的菜吧？

＊　＊　＊

晚餐的時候，小玉的媽媽和爸爸吵了一架。首先是因為爸爸回家比平常遲了一個小時，害媽媽端上桌的咕咕魚麵都冷掉、不好吃了。

「這道麵就要趁熱吃，等到冷了再回鍋加熱，味道就差很多了。」媽媽說。

「沒關係，我覺得味道都一樣。」爸爸這麼回答。

於是大戰就爆發了。

爸爸媽媽彼此吵個不停，根本忽略了小玉也在場。直到坐在飯桌旁低頭猛吃的小玉，抬起頭說：「我吃飽了！」

爸爸媽媽彷彿這時候才注意到小玉的存在，突然都停止了說話。過了好一會兒，媽媽才勉強擠出一個笑容，對小玉說：「小玉乖！吃飽了，就先進房間去吧！」

小玉睡了沒多久，房間門悄悄打開了一條縫，小玉的爸爸探頭進來，看見小玉睡著了，便又悄悄地縮回去，把門關上。過了幾分鐘，輪到小玉的媽媽打開房門，她直接走進來，替小玉蓋好被子，接著又想把小貝從小玉的懷中抽出來，結果卻把小玉弄醒了。

媽媽趁機俯身對她說：「小玉喜歡媽媽做的咕咕魚麵嗎？告訴妳一個祕密：那盤麵裡總共放了三種不同的菇菇喔，我知道妳最愛吃菇菇了！」

小玉迷迷糊糊地揉揉眼睛，問：「爸呢？」

「爸爸去睡覺了，他要養足體力，準備後天的攝影工作。對啦，小玉，妳想外婆嗎？暑假開始，媽準備先帶妳去外婆家玩幾天，妳看怎樣？」

「去外婆家？」

「是啊。想不想去？」

「想。可是……我要把小狗小貝帶去。」

「小狗小貝？妳是說這個嗎？」媽媽用奇怪的眼神看了小貝一眼，說，「當然囉，妳可以帶小狗小貝去。」然後她親了小玉的額頭一下，就起身關燈出去了。

2 神祕的招財貓

火車發出有規律的「喀達、喀達……！」聲疾駛著，車窗外的電線桿從一根根連結成了一片片，更遠的地方，開始出現了碧綠的農田和低矮的房舍。這一趟，小玉跟媽媽搭乘了好長時間的火車——從嘉義站到阿里山沼平車站，全長有七十幾公里路。在炎熱的太陽下，小火車有點吃力地努力往山上爬，遇到比較陡峭的山道，還會呈「之」字形路線行駛。熱愛乘火車的小玉，一直熱切地注視著窗外的風景：從平地段的熟悉景物，一直到熱帶林、暖帶林、溫帶林，隨著坡度的升高，周圍漸漸有了霧氣，氣候也愈來愈怡人了。

最後，小玉的媽媽提醒小玉說，就快要到外婆家了。

* * *

外婆住的地方就在森林遊樂區附近，是一棟木造的兩層樓老房子。當媽媽和小玉拖著大包小包的行李抵達的時候，外婆正在廚房裡煮一鍋茶葉蛋，整個屋子裡都充滿了茶葉蛋的味道。

「喔，我的乖孫！親愛的小玉，妳來看外婆啦！」穿著大紅色花布圍裙的外婆一看見小玉，就不管三七二十一地用力摟住她。外婆的身上有一股混合著茶葉和乾燥薄荷的香味，聞起來很舒服。她好像沒看見小玉的媽媽一樣，直接牽起小玉的手，連珠炮似地說：「怎麼樣？一路上累不累？想不想吃紅豆冰？到廚房來，外婆弄一碗好吃的點心給妳

吃。」

「我聞到茶葉蛋的香氣了。」小玉的媽媽說，「您還是不肯把祕方告訴我？」

「什麼祕方不祕方的？我早就告訴過妳，我的古早味茶葉蛋，材料只有八角、醬油、冰糖、鹽、碎茶葉梗這些東西而已。不信自己去廚房看！」外婆說。

「哼哼，真的嗎？那為什麼我就做不出您茶葉蛋的那種味道呢？」

「問題應該不是在材料和偏方上，是心，是做菜時的用心。」

「我做菜時也很用心啊！」

「當然，味道好還有一個很重要的原因，那就是山上茶葉的品質很好，就算是茶葉梗，香味還是很濃郁。」

「我好想吃您親手煮的茶葉蛋，好懷念的味道！可是我自己怎麼做，就是做不出那種味道，您的茶葉蛋有一種魔力。」小玉的媽媽露出一臉饞相。

「還要再等幾分鐘啦！我就是專門為妳們煮的。急什麼？」外婆總算笑了。

外婆和媽媽在討論茶葉蛋的時候，小玉的注意力被一個擺在木櫃上的黑色陶偶吸引住了——那是一隻黑得發亮的招財貓。它的身材就像一般商店裡的招財貓一樣胖墩墩的，如蠶豆形狀的一對大眼睛黑白分明，烏溜溜的瞳孔直視著正前方，左手高舉到與眼睛齊平的位置，脖子上以紅絲帶繫著一個金色的鈴鐺。

「哇，是招財貓耶！」等小玉看清楚了，高興地大叫著跑到櫃子前面。

「奇怪，是誰把它擺在這裡的？我明明記得上一次是把它擺在電視

機上面，後來突然間就找不到了，沒想到現在又出現在這裡……咦？」外婆皺著眉也走過來，端詳道。「真是怪了！變得有點不一樣了。到底是哪裡不一樣了呢？」

招財貓依然動也不動地舉著左手，直視前方。

外婆瞇著眼睛看了又看，說：「有了！明明本來是舉右手的嘛！怎麼變成舉左手了？」

「外婆會不會是記錯了？好可愛的招財貓！鬍鬚好白、好粗喔。」小玉說。

「不會不會，我的記憶力好得很。」外婆說著踮起腳跟，小心翼翼地伸直雙臂，把黑色招財貓捧在手裡，轉來轉去仔細地審視。

「小玉，外婆對招財貓是有研究的，一般來說，黑色招財貓有避邪消災的吉祥寓意；舉起左手的是『招財』的母貓，舉起右手的是『招福』的公貓。外婆明明記得這原本是一隻舉著右手的公招財貓嘛，怎麼現在變成舉左手的母招財貓了？」

「哈哈！不知道是不是錯覺？我好像看見這隻招財貓的臉紅了一下下！」小玉的媽媽也半開玩笑地湊近來觀賞外婆手裡的貓偶。

「這隻招財貓娃娃是從哪裡來的呢？」小玉問。

「從哪裡來的嗎？奇怪，外婆有點想不起來了……好像它一直就在家裡面，誰也沒注意到它的來歷……」

「會不會是外公逛哪一個市集，隨手買回來的？」

「那不可能，妳外公是最怕貓的了。」

「還是哪一位朋友送的？」

「這個嘛……」外婆努力地回想著，結果腦海中最先浮現的事是：她的茶葉蛋快煮好了。她匆匆忙忙地把招財貓放回櫃子頂上，一面嚷著：「我的茶葉蛋！我的茶葉蛋！」一面跑去廚房了。不想錯過茶葉蛋祕方的媽媽也急忙跟了過去。

現在昏暗的客廳裡，只剩下小玉、小狗小貝，還有那隻一身黑的怪怪招財貓。

隱約好像有一個極細微的聲音，嘆著氣說：「茶葉蛋最棒了……」是誰在說話呢？那隻坐在櫃子頂端的招財貓，漆黑的瞳孔閃閃地發著亮光。小玉正想靠近一些仔細研究，廚房裡卻傳來外婆和媽媽的呼喚，叫小玉洗洗手、過去吃點心。

才剛剛吃過外婆準備的兩樣點心：沁涼又甜滋滋的紅豆冰和香噴噴的茶葉蛋以後，小玉又挾著小貝去看招財貓，她簡直就是迷上那隻黑貓了。

「小貝你看！」小玉才一看見招財貓就嚷著，「招財貓又換成舉右手了耶！」

這時，櫃子上再度傳來一聲嘆息，是那隻黑色招財貓所發出的。他的聲音細細尖尖的，就跟貓叫聲差不多：「唉！舉左手不行，舉右手也不行，那我乾脆把兩隻手都舉起來好了！」說著，果然把左右兩隻粗粗的貓手，都高高舉起在耳畔。

小玉的眼睛瞪得幾乎跟招財貓一樣大，她停止呼吸一秒鐘，重新調整心態，然後才說：「你好，招財貓先生！很高興認識你，我叫小玉。」說著還微微欠身對招財貓鞠了個躬。

「有禮貌的好孩子！」招財貓半閉起眼睛，露出「終於可以讓自己休息一下了」的表情。「我有很多個名字，連我自己都記不清楚，如果可以的話，就請叫我招財貓好了。請問妳手上抱的這位狗先生尊姓大名？」

「叫小貝就好，我都是這樣叫的。」小玉立刻回答。

「小貝先生雖然不說話，但看得出是一隻好狗。」招財貓客氣地恭維。

「您看起來也是一隻好貓。」小玉也立刻誇獎回去。

「唉，今早我洗臉時，不小心讓爪子超過了耳朵，所以我就料到今天一定會有新客人來到。現在既然你們已經知道我是一隻活生生的招財貓，那麼我可以暫時先把舉了老半天的手放下來囉？」

「當然！當然！你愛放下來多久都行！」小玉趕緊說。

「真是太感謝了！我覺得剛才自己好像舉起雙手投降哩！」招財貓說著嘆口氣，將兩隻舉起的胖手垂下，並且迅速伸出粉紅色的舌頭，開始舔起其中一隻爪子來。過了一會兒，他清理完畢，抬起頭來，慢條斯理地說：「其實啊，我不久前才從埃及訪友回來。埃及的太陽可真大！所以我曬黑了。」

「曬黑了？」小玉忍不住回應。

「是啊，曬黑了喲！我本來的顏色比較淺一點，接近咖啡色，現在變成全黑了。阿婆（小玉的外婆）沒有注意到這一點，因為她有老花眼嘛。」

「原來如此。埃及好不好玩？」

「好玩極了！要不是我擔心自己曬得太黑，我還想多留在那裡一陣子；曬得太黑，要變回原來的顏色就比較困難了。想當年，我還是一隻金色的招財貓呢……唉！才回來沒幾天，我就好懷念那條岸邊長滿莎草的金黃色尼羅河、那些懶洋洋的鱷魚，還有在河面上慢慢行駛著的一艘艘小白帆船。我的朋友『埃及貓土俑』真幸運，就住在靠近尼羅河邊的古玩店裡，每天都可以欣賞到這些美景。」

「那麼，你也有看到金字塔和獅身人面像囉？」小玉聽得心動不已。

「當然囉！那還用說？妳說的獅身人面像是指『思芬克斯』那老傢伙吧？他也是我的老朋友啊……糟糕，這麼一講，有點洩露出我的年紀了，嘿嘿……不過話說回來，自從鼻子被槍彈打掉以後，他就常常傷風感冒，脾氣變得有些古怪。最近幾年他更是愈來愈難以溝通了，大概是風化得太厲害的緣故。」

「喔喔，有夠酷，好想看！」小玉的雙眼頓時射出兩道星形光芒，一副恨不得立刻就飛到埃及去看看的神情。

「哈，那傢伙的個性孤僻得很哪。那些觀光客已經把他攪得夠煩了，他只希望別人不要再去打擾他——愈少人愈好。小朋友，不過下次再遇見他，我會跟他轉達妳的好意。」招財貓用爪摩娑著自己的白色硬鬍鬚說道。

「那請問你是搭乘什麼『交通工具』去埃及，又是怎麼回來的呢？」小玉提出疑問。

「這對我來說很簡單啊！其實像我們這種『靈貓』，對於精靈界的事情全都通曉，很吃得開呢。嘿嘿嘿！可是這是我們招財貓的祕密，不能隨便告訴你們。對了，你們也不可以把今天的事告訴其他人喔！請保密，不然我的麻煩就大了。」

小玉有點失望。不過能認識招財貓這位新朋友，還是一件很幸運的事，所以當場答應對招財貓的一切都守口如瓶，絕不會說出去。

當外婆走出客廳時，招財貓已經回復了原來動也不動的安靜姿勢，若無其事地舉著一隻手（啊呀，牠又舉錯邊了……）。

3 芒神芒神躲貓貓

外婆跟媽媽剛才正在廚房裡談論著關於「芒神」的事情，講到後來，外婆自己有點太投入了，禁不住跑出來也想講給小玉聽聽，留下媽媽一個人在廚房裡照料那鍋晚餐要吃的土肉桂燻雞。

外婆說，最近附近山裡發生了一件奇怪的新聞：有一位種桃子的老農夫，某天照常出門去照顧果園，結果卻一去不回，失蹤了好幾天。搜救人員幾乎翻遍了附近的山區，都沒有找到老農夫的蹤影。到了第五天，他的兒子們以為老父親凶多吉少，於是一邊哭、一邊請來了負責招魂的道士與唸經超渡的和尚，打算辦理老農夫的後事。誰知道就在這時

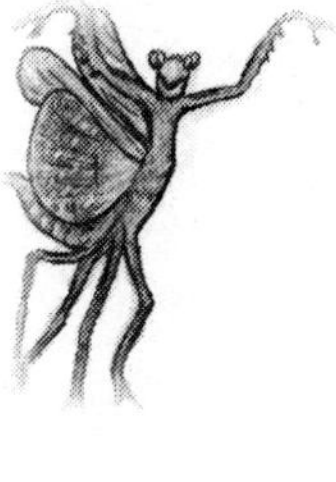

候，老農夫突然搖搖擺擺地自己走回家了，而且還笑瞇瞇地好像喝醉了一樣。仔細一看，老農夫全身都被泥土弄得髒兮兮的，嘴巴裡還含著一些乾枯的竹葉、死掉的昆蟲，和一些沙土之類的東西。

「大家連忙替老農夫清理乾淨，問老農夫這幾天都到哪裡去了。可是這個老農夫卻迷迷糊糊地說不出來，他只記得他在自家的果園旁邊，看見一個『皮膚黑黑、瘦巴巴』的小朋友。這位小朋友邀請他到家裡作客，還請他吃了甘蔗、滷雞腿和紫米飯糰——都是老農夫年輕時最愛吃的東西。後來他吃飽了，告辭出門，結果竟然莫名奇妙地一下子就到家了……妳說奇怪不奇怪？」外婆愈說愈小聲，還故意湊近小玉的臉，製造緊張的氣氛。

「那位又黑又瘦的小朋友是誰啊？為什麼老農夫明明記得自己被請吃甘蔗、滷雞腿和紫米飯糰，結果回家時卻滿嘴都是泥土和竹葉，還有

那些超噁的東西呢？還有為什麼，老農夫會失蹤好幾天呢？這幾天他都到哪裡去了啊？」小玉問。

「這就是奇怪的地方啊！」外婆以沙啞的嗓音顫抖著說道。「小玉，這就是『芒神』在作祟啊！芒神就是『魔神仔』，在我們這一帶已經傳說很久了，是一位住在深山中的可怕古老精靈，常常會假扮成小孩子或小動物來迷惑路人，使他們迷路。所以一個人千萬不要隨便跑進樹林裡頭去，不然一不小心，就會被芒神拐走了喔！」

「芒神？那是住在深山裡的妖怪嗎？」小玉有一點害怕了。

外婆點點頭，說：「所以這幾天如果妳一個人走在山路上，突然聽見有人在背後喊妳的名字，千萬不要回頭答應，因為這樣就中了芒神的圈套，一定會被他抓走！聽說芒神最喜歡抓老人家或小孩子了。」

外婆正說到這裡，走廊盡頭的廁所竟傳來了一陣陣老人「哎喲，哎喲……」的痛苦呻吟聲。大家都嚇得愣住了，不約而同朝陰暗的走廊方向看去。只有外婆不以為意地說：「別理他！那是阿公啦，他有痔瘡，每次上大號就跟生小孩一樣。反正啊，不管怎樣，無論人家拿什麼東西請妳吃，都千萬不要亂吃喔！」

「如果芒神請我吃滷雞腿和飯糰，我大概會放棄。」小玉想了想說，「可是如果是麥克雞塊或香辣雞腿堡，我就會考慮犧牲一下，拉肚子也沒關係。」

「妳的腦子出問題了？」外婆狐疑地看著小玉，「不會也給芒神附身了吧？」

「外婆，為什麼芒神要拐走老人或小孩子呢？」

「確實很奇怪。也許……也許芒神孤單地住在深山裡太寂寞了，所以才想到隨便抓個人陪他玩幾天吧。」

「那……芒神不是有點可憐？」小玉忍不住說。

「那種怪物，沒什麼好可憐的。」外婆回答。

* * *

隔天早晨天氣晴朗，媽媽按照預定的計畫帶著野餐盒，和小玉一起到森林區遊覽。入口處有非常美麗的原民馬賽克拼貼壁畫，到處都是高大的檜木，空氣非常新鮮。

「妳背包脹鼓鼓的，裡面除了茶葉蛋，還裝了什麼好東西？」途中媽媽問小玉。

「我的水壺啊，還有我的私人用品。」小玉回答。

「嘖，妳有什麼私人用品？」媽媽笑笑地撇撇嘴，就不再追問了。

到了野餐區營地，媽媽和小玉找到了一張乾淨的石桌，旁邊還有三個石凳子。

「我們就在這裡吃野餐吧！」媽媽說著仰起頭看看天空。「好討厭，太陽好大喔！我真應該戴太陽眼鏡來的。」

這時候，有一個戴著太陽眼鏡的男人，牽著一個年紀跟小玉差不多的小男孩走過來，也想要用那張石桌和石凳來擺放東西、坐下來休息。

「對不起，我們是先來的喔！」小玉的媽媽說。

「我知道，可是好像還有位置嘛。」那位戴墨鏡的爸爸滿不在乎地微笑回答。

「但是……哎呀，你該不會是……？」媽媽突然發出一聲驚呼。

那位爸爸摘下臉上的太陽眼鏡，露出了一個大大的鼻子和一對小小的眼睛，也很驚訝地看著媽媽，說：「啊，真的耶！我們認識嘛！沒想到會在這裡碰見妳，真是太好了。」

原來，小玉的媽媽跟那位小男生的爸爸根本就是小學同學，而且還是從一年級到六年級都同班的很要好的同學呢。應該說是實在太巧了，或者是說這個世界太小了呢？小玉的媽媽和那位小男孩的爸爸很快就自顧自坐下來聊天了。

小玉和小男生彼此互相看看，當機立斷：決定組成兩人探險小組，留下兩位成人聊天組自己去聊自己的。

「沒問題。你們兩個可以去旁邊的兒童遊樂區玩，但不要跑太遠！」小玉的媽媽說。

「中午吃飯的時間記得要回到這裡來就行了。」小男孩的爸爸也說。

小玉的新探險同伴叫做「阿冽」，比小玉高一年級，可是個子沒有小玉高，瘦瘦小小的。

他們沒有去設置了很多鞦韆、樹網的兒童遊樂區玩，反而來到清澈見底的小河邊。河的兩岸有木頭做的漂亮扶手柵欄，對岸可以看見一條小火車鐵軌，蜿蜒著進入森林中，再過去一點，有一條石頭搭的小橋。靠近遊樂區的這一邊，有一大片綠油油的草地。

小玉找到一塊乾淨平坦的草地，把自己的小背包輕輕放下。叫做阿冽的男孩也有樣學樣地照做，把他的背包放在草地上。

「這是我的小狗，名字叫小貝。」小玉把毛巾被做成的小狗從背包上解下來。

「那個是小狗？」阿冽傻傻地瞪著小貝看了好幾秒，才突然想起什麼似的，連忙摸索著自己的短褲口袋，掏出一個髒兮兮的小玻璃瓶，舉起來說：「差一點忘記！這是我養的螳螂，名字叫做『莫德維克金剛』。自從被我捉來以後，牠就不吃東西，現在大概快要死了，我想要把牠放生。」果然，瓶中似乎有一根淺綠色、奄奄一息的小東西。

「快點放了牠！我們還有重要的事要做。」小玉像大姊一樣命令道。

「是！」阿冽乖乖地拔開瓶塞，瓶口朝下用力倒了幾下，終於把螳螂倒在草地上。幸好，莫德維克金剛用最後的一些力氣穩穩地用兩隻後腿站了起來，然後似乎很疲憊地慢慢移動著，最後消失在草叢中。

「你有點粗魯耶！不過，牠總算自由了。」小玉對阿冽說，「希望這隻螳螂趕快去抓一隻山蚱蜢來吃，牠一定是餓壞了。」

「可是萬一牠碰到一隻母螳螂，那牠的腦袋就會被啃掉……」阿冽擔心地望著螳螂消失的草叢。

「你們男生的想法真是太暴力了，難怪這個世界上充滿了戰爭。現在我要跟你介紹一位好朋友，可是你要先發誓，不能把這位朋友的事，還有今天我們講過的事說出去，也不能告訴你爸爸。如果你不發誓，我就不能把這個朋友介紹給你認識了。」

「好，我發誓不說出去。可是其他的事我可不敢保證。」

「還會有什麼其他的事？」

「還沒發生的事，我哪會知道啊！」

「哼，算了。」

小玉小心翼翼地從背包裡拿出用她的背心緊緊包裹住的黑色招財貓陶偶。

「喂，招財貓，你可以說話沒關係，這裡沒有外人。」小玉把招財貓平放在草地上，催促著。可是招財貓依然舉著一隻手，動也不動一下。小玉心急起來，一隻手撫摸著招財貓黑得發亮的腦袋瓜，另一隻手指著蹲在她旁邊的阿冽，說道：「這一位是阿冽，他……他不是外人，他不會說出去的。」

「雖然我不是外人，可是我也不是內人喔。」阿洌鄭重地補充道。

又過了五秒鐘，招財貓才輕輕眨了一下眼睛，低語：「唉！那麼，現在我可以把手放下來了？」

「當然！當然！」小玉高興地說。

招財貓放下舉著的手後，就地伸了個懶腰，看看四周：「這裡是哪裡？」

「森林公園旁邊。這位是我的朋友，阿洌。」小玉再次介紹。一旁的阿洌只是愣愣地張著嘴，衝著招財貓猛笑。

「你好，你好！」招財貓心不在焉地說，「我倒是想請問小玉小朋友，為什麼要把我帶到這種地方來？我想要遠足的話，我自己就會去啦，不勞駕幫忙。而且，妳把我跟茶葉蛋一起放在背包裡，很沒禮貌喔！」

「對不起！是這樣的，因為你說過你是一隻靈貓，對精靈界的事情都知道，所以我想要請你幫個忙。」

「唉，真的不要隨便跟小孩子說太多，小朋友的記憶特別好呢。真是的！」

「拜託一下嘛！我從第一眼看見你，就知道你是最厲害的招財貓了。你認不認識一個叫做『芒神』的精靈？聽說他就住在這座山裡喔。你可以叫他出來跟我們一起玩嗎？我聽外婆說，他因為太寂寞，還會亂抓人去陪他玩，好悲慘啊！」

「什麼！住這裡的芒神？妳說的是那個全名叫『亞歐塔・克利曼斯巴圖克・安奈多多・烏吉曼・KK・阿虎羅羅』的傢伙嗎？不！我完全不認識那個可怕的、黑黑的怪小子！雖然我也是黑色的。」招財貓的臉唰地一下變白，好不容易才慢慢恢復成原來的顏色。「不過，有一點妳很正確，小朋友，我的確是所有靈貓之中最厲害的一隻，平常我不會隨便告訴別人這個祕密……」

「不用謙虛了。你這麼厲害，不可能不認識芒神！」

「哎？一點也不錯，我是認識他啦。」

「這……真的是招財貓嗎？我家裡也有一尊金屬色的，它的手還裝有自動彈簧，會向前擺動……」這時阿冽敬畏地、非常小聲地開口，不知是說給誰聽。

「不要拿我跟普通的招財貓相提並論。」招財貓有些不悅。

「就是嘛，他可不是普通的招財貓唷。」小玉也說。

「對不起，現在我知道了。我剛才並不知道嘛。」阿冽說。

「沒有關係，不知者無罪。」招財貓說，「可是關於芒神的事，請原諒，我不能告訴你們太多。我怕說多了，會對你們不利……以你們人類常用的話來說，就是不吉利、不吉利。那小子行事很詭異，少知道一點，對你們比較好。」

「可是，我想認識他，他不是很寂寞嗎？我們可以做朋友。」小玉說。

「哎呀，不不……噓……小聲一點，在這種地方，不要隨便亂講話，否則真的被他聽到了，他就會千方百計地把你們都拐走。」招財貓的臉又白了。「要是真的被他拐去的話，想回來可就困難了，一定要小心。」

「嗯，好。不過，招財貓，你剛剛說話的樣子真的好像我外婆喔。」

「這也是沒辦法的事，在同一個屋簷下一起住太久了。」招財貓說著難為情地撓撓自己圓圓的下巴，這時從他的右手掌中掉出一顆像螢光

彈珠般小小的、銀白色的東西，落在草坪上。招財貓立刻以迅雷不及掩耳的飛快速度彎腰撿起來，並把那發光的小東西藏在掌心中。

「呵呵……沒什麼，沒什麼東西啦！我沒有撿起什麼東西藏在手裡喔。」招財貓握緊毛茸茸的拳頭，眼睛再度笑瞇成兩條彎彎的縫。

「我看到你手裡有一個亮亮的東西，那是什麼？」阿冽問。

「對，我也看到了。可是如果你不想告訴我們，就不必勉強喔。」小玉說。

招財貓突然睜大眼睛，表情神祕地說：「現在讓我變魔術給你們看好不好？」

沒有人回應。

招財貓不管三七二十一，開始把兩隻手向前平伸，兩隻貓爪都緊緊地握著，問：「你們猜猜看，我哪一隻手裡有東西？」

「拜託，老套！」小玉不耐煩地嚷道。

「隨便啦！」阿冽擺擺手說。

「現在謎底揭曉……請看，噹啷！」招財貓不管大家都反應冷淡，把兩隻貓爪一起張開，只見兩個手掌中都空空如也，沒有任何東西。

「剛才的東西真的不見了。招財貓，你果然很厲害。」小玉禮貌地拍拍手。

「小把戲，小把戲！」就在招財貓得意地鞠躬接受讚美時，從他右手掌粗粗的手指指縫間，再度掉落了剛才那枚銀白色、亮晶晶的螢光彈珠。這次那小東西在草地上彈了一下，滾落在阿冽的腳前，阿冽立刻彎下身去把它拾起來。

「這是什麼蛋啊？軟軟的喔！感覺好像是活的。」阿冽用拇指和食指小心攥著那顆只有拇指指甲蓋大、略呈橢圓、具有彈性的銀白色發亮

珠珠，舉高高左看右看。

「快點還給我！小朋友，我的魔術表演失敗了……快點還給我！那裡面是毒菇的孢子啊，是有毒的東西。」招財貓急著叫嚷。

「什麼？有毒！」阿冽一聽，嚇得又把那東西掉在地上。這一回，招財貓很迅速地把它撿回來，慎重地收好——不知把它藏到哪裡去了，總之就是不見了。

「那個有毒……我應該去河邊洗洗手。」阿冽自言自語著就要往河邊走去。

「等一等！河邊很危險，小朋友，不要一個人靠近。我剛剛說有毒是騙你的，實在是有一點心急，所以騙了你們，不好意思！」招財貓急道。「因為這是很重要的東西，所以必須好好保管，不能落在普通人類的手裡。」

「哎，好吧！招財貓先生好無聊。我們本來不是要探險的嗎？」阿洌只好乖乖停下腳步，把兩個手掌用力往自己的褲子上抹抹，算是擦乾淨了。

「我開始想念我的莫德維克金剛了……」過了一會兒，阿洌又說。

「我比較想念我爸，如果他也一起來這裡度假就好了。」小玉也說。

「那這樣吧，換我來變身成藍冰超人好了。變身！」阿洌舉起雙手，擺出藍冰超人特有的超人姿勢，但他很快又縮了回去。「等一下，我剛剛忘記唸變身咒語了。重來一遍……」

「不用了啦，你們男生那種變超人的遊戲好無聊！又不是真的有變身。」小玉忍不住笑了。

可是阿洌卻沒笑，他尷尬地摸摸頭髮，氣氛一下子變得有些沉重。

一陣風吹過，茅草發出沙沙、沙沙的聲響，不知何時起，剛才還可以聽見附近遊樂區傳來的遊客嬉笑和談話聲，都消失了，四周一片靜悄悄的。

招財貓動了動貓耳朵，喃喃自語：「唉，不妙，這下糟了……」

「甲蟲！我發現一隻好大的甲蟲！」阿冽突然興奮地叫起來，朝著森林方向的一叢矮樹跑過去。「Oh My God！那一定是我的新甲蟲——海克力士金剛！」

「等一等！不要過去！快點停住！」招財貓連忙阻止道。

可惜阿冽好像著了魔似的完全不予理會，飛快地奔向矮樹叢去捉他想要的甲蟲。只見他在五秒鐘之內便跑到了矮樹叢前面，停下來，然後發出「咦？」的聲音，轉過頭來。

再下一秒鐘，他就不見了。

4 亮晶晶的水上船屋

「唉！慘了，這下可慘了！」招財貓唉聲嘆氣。「我就知道這孩子會出問題，他太沉迷幻想啦。可是誰知道會這麼快就出事啊？真是的！」

「你知道阿洌到哪裡去了嗎？他真的就在我眼前消失了。」小玉不死心地繞著那叢不起眼的矮樹轉來轉去，可是哪有阿洌的蹤影呢？

「一定是芒神……」招財貓喃喃地說，「這下可慘了！」

「啊，你是說芒神已經來了嗎？他捉走阿洌卻沒有捉我，為什麼？為什麼？」

「別急別急，讓我想想，讓我想想……」招財貓低下頭，用兩隻圓圓的爪子抱住腦袋瓜，很努力地思考著。

這時，小玉突然發現河上遠遠地漂浮著一個不明物體，正緩緩接近中。

「我看見河上有一個怪東西！」

「喵啊！真的嗎？太好了！在哪裡？」招財貓猛然抬起頭來。

就在河的上游、距離兩人大約一百五十公尺處，有一個巨大、透明的物體，頂上反射著灼眼的日光，在河面上愈漂愈近。

「喔不錯不錯，我們運氣不錯！」招財貓眼睛閃閃發光，緊盯著那愈來愈接近的閃亮漂流物，高興地搓起胖胖的貓掌來。「來，來！靠近一點，可以再靠近一點喔！」

那閃閃發光的物體果然慢慢靠近他們站立的河岸邊，終於看得清楚

了：那是一幢透明玻璃纖維蓋成的船屋。這棟船屋的形狀，就像是一枚巨大的透明玻璃浮球，從圓心處被整齊地切掉了四分之一，而那剩下的四分之三球體，就構成漂浮在水面上的船底殼，以及半敞開的船艙、玻璃頂蓋和露台（甲板）的部分了。

這艘由四分之三個玻璃球所構成的透明船屋，上面布置得很簡潔雅致。咖啡色的木頭甲板上，立著一根空空的白色旗桿；透過船屋的玻璃外牆，可以看見船艙內部鋪著一層米白色的沙子，在這片沙地上，種著一棵大約一公尺高的綠色大仙人掌。

由於所有的隔牆都是玻璃做的（肉眼只看得見木頭甲板和船艙內的小沙灘），所以這一切都清楚地呈現在小玉和招財貓的眼前。奇怪的是，就像是一個小型室內沙灘的船艙內，卻連一個人影都沒有。這是一艘無人駕駛的玻璃鬼船？

它搖擺了一陣，然後彷彿擱淺似的暫停了下來。亮晶晶的透明船屋，看起來就像是一個好大的、缺了一角的肥皂泡泡，實在是太奇特、太美了！接著，從玻璃球邊緣靠岸的一側，自動降下了一具淺藍色的半透明小梯子。

這時招財貓催促小玉：「快！上船，上船。錯過就來不及了！」說著便帶頭踏上藍色梯子，再一跳，姿態優美地跳上了玻璃船四分之一缺口處的露天甲板上。

「喔，真的可以嗎？」小玉嘴巴上雖然這麼問，腳步卻毫不猶豫地跟著踏上木頭甲板，登上了玻璃船屋。仔細看，這棟水上的玻璃房子並沒有船舵，也沒有儀表操控板之類的東西。可是，奇怪呀——等兩人都踏上船之後，玻璃船屋就自動收起半透明藍色梯子，開始重新啟動，載著他們離開岸邊，朝上游的方向駛去。

小玉興奮地完全忘記了阿冽的事，摟著小狗小貝的脖子親個不停，另一隻手舉起來朝天空不停繞著圈圈揮舞著。「萬歲！精靈號啟航囉！」

玻璃船屋輕盈地靠近河岸邊航行。沿岸的茂密樹蔭，替船屋遮擋住了酷熱的太陽，一大片蛙聲在剎那間同時響起，就像是在為船屋演奏著啟航歡送曲。

一陣大風吹來，綁住小狗小貝的白色絲帶鬆開了，轉瞬間，小貝呼地一聲張開來，重新變成了一條毛巾被！幸好小玉及時拉住小貝的一角，才沒有讓那一陣大風颳走。

「起風了！別站在甲板上，快進來裡面！我們還有很多事要做呢。」招財貓站在空無一人的船屋玻璃艙內喊著。「小玉，這幢水上漂浮屋叫做『透明船屋』，在這座透明船屋裡，大家都會變得很透明，也就是說，岸上的人都看不見我們，但我們卻可以看見他們。」

「真的？這透明船屋裡面好涼爽喔！可是……糟了，萬一媽媽發現我們沒回去，那怎麼辦？她一定會很著急吧？」小玉轉喜為憂，皺起眉頭。

「別著急，妳先看看這片可愛的小沙灘，多乾淨！讓我想起埃及了。」招財貓捻著自己的一根白鬍鬚，慢吞吞說道。「不過，小玉妳不餓嗎？該不是捨不得拿出背包裡的茶葉蛋來分享吧？呵呵呵！」

「什麼？才不是呢！媽媽準備的茶葉蛋在這裡，你想吃就拿去吃，外婆家裡還有一大堆呢。」小玉氣呼呼地把背包往柔軟的沙地上一放，自己也跟著一屁股坐下來，雙手環抱在胸前，望著玻璃牆外花花草草的河岸風景，生起悶氣來。

「唉，我是開玩笑的啊，真是的。這麼好的沙灘加上太陽，就算曬黑了也值得……」招財貓改換成一副嚴肅的表情，歪著頭朝空氣大喊：「透明船屋的主人塔布卡！請問我們可以在妳的白沙灘上休息一下嗎？」

「當然可以！招財貓，當然可以！」忽然有個像是鈴鐺般甜美的聲音響起，回答了招財貓的詢問。小玉急忙左顧右盼，卻沒看見半個其他的人影。

「咦？這裡還有別人？怎麼只有聲音？是隱形人？」小玉問。

招財貓老神在在回答：「這只是透明船屋的主人塔布卡。她是個變色龍女孩，個性很害羞，不太喜歡讓別人看見她，因為她老覺得別人的眼光怪怪的，會妨礙到她存在的自由，或自由的存在……唉，反正塔布卡一直抱持著這樣的想法，所以不知不覺中，就把自己變得跟周圍環境一模一樣，變得完全看不見了。為了配合看不見的自己，所以塔布卡就造了這座透明船屋，不過她人很好，很喜歡招待客人。現在懂了嗎？別在意，習慣就好！」

招財貓和小玉在船屋的白沙灘上坐下，沙子軟綿綿的，好舒服哇。

「多謝妳的招待！塔布卡。我猜，妳和船屋會出現來載我們，一定是有原因的。妳應該知道剛才那位叫阿冽的小朋友，跑到哪裡去了吧？」招財貓一面啜飲紅茶，一面大聲對著面前的空氣說話。

「他在另一個時空……是芒神做的唷……」極細微的女孩聲音回答。

「阿冽被芒神抓到『另外一個時空』去了？」小玉的反應很快。

「嗯，精靈住的地方，外界是很難隨便進去的，連電波也無法穿透。」招財貓煩惱地猛吸一口紅茶。「那樣的話，我們要怎麼帶他回來呢？真傷腦筋！」

「那樣的話，阿冽最後也會變成精靈嗎？」小玉緊張地問。

塔布卡的聲音有點像是由斷斷續續的風鈴聲所串成的短音節：

「什麼……你們想去找芒神亞歐塔・克利曼斯巴圖克・安奈多多・烏吉曼・KK・阿虎羅羅？不，不可以去喔……太可怕太可怕……！」

「塔布卡，妳的嗓音好好聽，聽起來很像是鈴鐺的聲音呢。」小玉說。

招財貓轉過臉來對小玉說：「鈴鐺有什麼稀奇？我也有啊（秀出脖子上用紅絲帶掛的一枚金鈴鐺）。哼，我早說過，芒神不是個好惹的角色，我們說不定真的遇到麻煩了。照目前的情況，非得親自去救人出來才行，除非陪他玩夠了，否則芒神不會主動放阿冽離開的喔。」

「那阿冽……以後每天都在吃昆蟲屍體和泥巴，還以為自己在吃麥當勞嗎？好可憐！我們一定要去救他出來！」小玉握拳。

「嗯嗯，小玉……妳叫小玉是嗎？可是妳不知道芒神是誰。到手的獵物，他是……他不會輕易放手的。」塔布卡的銀鈴嗓音仍有些顫抖。

「那該怎麼辦呢？」

「事到如今，只有一個辦法了。」

「什麼辦法？」

銀鈴般的聲音遲疑了一下：「嗯，要先付費……」

「什麼？只要付費，妳就有辦法把阿冽從芒神的手中救出來？」小玉大叫。

「不是的，你們誤會了。我的意思是使用者付費，如果你們付錢給我，我就把你們載到上游那傢伙住的精靈洞窟附近，這樣你們就可以自己去找他們了。」

「可是我只有一百元，用完的話，這星期就沒零用錢了。」小玉皺了皺眉。

「哎，我有錢！當然不是你們人類那種普通的錢。塔布卡要的不是普通的錢啦，真是的。」招財貓說著伸開他的貓掌，那枚銀白色彈珠狀的東西（它真正的名稱是「毒菇錢包」）又出現在他手中。他把這「錢包」捏了捏、搖了搖，然後把它往另一個貓掌中倒了倒，於是有金粉似的東西從圓圓的珠子內流了出來，在招財貓的貓掌中形成了一道亮晶晶的綿長金河。

「嘩，好美喔！這就是你們的錢嗎？」

「這不是普通錢，這是『樂透菇』的孢子。」招財貓面色沉重，哀怨地說：「平常我是不會隨便把它曝光的，可是現在救人要緊，也沒辦法了。誰叫我是招財貓呢？招財貓總是脫離不了讓別人發財、自己破財的命運。」

他手掌朝下，把那一小撮閃閃發光的金粉倒在沙地上。金粉就像水滴一般，立刻就滲入人工沙灘，如同沙漏中掉落的沙子般，被船上鋪的白沙吸收得不見蹤影。

然後，整艘透明船殼開始震動起來，就像地震一樣。剛剛灑下孢子的地方，慢慢地鑽出了一根白乎乎、胖嘟嘟的圓錐形莖桿來，那莖桿長到五十公分左右，就不再長高了，可是頂端開始膨脹起來，然後張開了一支桃紅色的蕈傘來——一朵肥肥胖胖、有成年人巴掌大的菇菇長成了！而且蕈傘（就是菇菇的帽子）上，還點綴著一點、一點乳白色的心形花紋。

「這……這真的要付給我嗎？」銀鈴般的聲音響起。在小玉和招財貓的身旁，多出了一個「人」：她比小玉還要矮幾公分，看起來大約有二十歲，或三十歲，或四十歲，或五十歲的年紀。她有纖細的身材，一頭淡綠色、像稻草一樣乾燥的頭髮，長度一直垂到屁股。她有一對細細的眼睛、一個小小的朝天鼻，扁扁的、白皙的臉孔上布滿了茶色的雀斑，戴著一副大大的黑框眼鏡，穿著一身淺灰色連身長洋裝，手裡提著一個綠色的長頸澆花壺。她就是塔布卡，沒有變色的正常塔布卡。

招財貓毫不吃驚地轉身看看她，然後又看看那朵桃紅色的鮮豔蕈菇，說：「怎麼樣？這個酬勞很不錯吧？這是可以讓人變得勇敢、不再害羞的樂透菇喔。」

「塔布卡，妳現身了耶！而且妳很漂亮！」小玉好奇地盯著塔布卡直看。

「謝謝！這是我得到的第一朵樂透菇，真是太幸運了。」塔布卡感動得快要哭了，她推推眼鏡，走近去凝視那朵桃紅色的胖胖菇。「我感覺我真的變勇敢、不害羞了。我一定會好好照顧這朵樂透菇，把它養得又肥又壯，變成大樂透菇，就像我那棵仙人掌一樣！我可以替它澆水嗎？」

「當然可以！」招財貓微笑點頭。塔布卡立刻舉起澆花壺，專心地在菇上灑起水來。那朵樂透菇一碰到灑下來的水花，就很開心地左右搖擺起來。

「樂透菇就是會使人變勇敢的菇菇嗎？」小玉問。

「咳，關於樂透菇啊，說來話長。可是我還是告訴妳吧，樂透菇是一種可以『兌獎』的菇，每一株樂透菇兌現的功用都不同：如果妳擁有一朵樂透菇，妳就會不再害羞、變得勇敢；如果擁有兩朵，妳還會變漂亮、變聰明。」招財貓說。

「那如果有三朵呢？」

「同時擁有三朵樂透菇，效力就會消失，變成沒有什麼用處。」

「啊？這真奇怪。」

「可是如果同時擁有十八朵樂透菇，」招財貓放低音量說，「這十八朵菇就可以圍成一圈『樂透仙女環』，又叫做『VIP精靈圈』，踏入樂透仙女環內的人，都可以去任何想去的地方，還附贈兩天食宿免費招待券，以及隨時隨地按下都可立刻回家的銀色『按鈕菇』一枚！」

「這真不錯！那麼，如果我們有這種VIP精靈圈，也可以很方便的去芒神的地方找阿洌囉？你怎麼不早點說啊！」

「不不，唉唉，妳不懂。芒神是精靈之中最了解、最擅長玩弄仙女環或精靈圈的傢伙啦，這種樂透菇，對他是沒用的。只有發光小菇……」招財貓說著突然住了口，像是不願意往下說的樣子。

「只有發光小菇，可以送妳到天堂或地獄，或任何妳想去的地方都可以。」塔布卡幫招財貓接下去說，「它們也可以實踐妳的任何願望。只不過，一旦願望實現，就不能反悔；一旦啟程出發去了想去的地方，就永遠不能再回來的唷。」

「聽起來滿可怕的，人總是會反悔的，出了門也總要回家的吧。不能走回頭路，多沒意思啊。招財貓，你幹嘛隨身帶著這麼奇怪的東西呢？」小玉問。

「因為……呃，因為我有用啊。」招財貓攥緊他的毒菇錢包，回答，「我有用處，而且我也沒有隨便拿出來啊。我這錢包裡可是裝了十幾種不同的菇菇孢子呢！功用不同，要隨身攜帶，以備不時之需。」

5 肚子餓了怎麼辦

塔布卡對招財貓給她的報酬很滿意，一直忙進忙出地輪流替樂透菇和仙人掌澆水——畢竟是沙質的土地，水份很快就流失，這對習慣沙漠的仙人掌來說還好，但對於習慣潮濕的菇類可就很難受了。其實塔布卡鍾愛仙人掌這種植物是有原因的，因為她覺得自己在某些方面跟仙人掌很像，所以平時她也很愛把自己變成仙人掌的顏色，跟仙人掌站在一起，假扮成另一棵仙人掌。

「小玉妳看，我的仙人掌喝了水，變得好有精神喔！」

「真的耶，綠油油亮晶晶，好像磁器一樣！」

塔布卡告訴大家，這棵種在艙內沙地上的寶貝仙人掌，也是某位旅客搭乘了透明船屋，在上岸之前所付給她的酬勞。

做完工作後的塔布卡，跟大家擠在一起，坐在沙地上。大夥兒旁邊那朵剛澆過水的樂透菇彷彿又長大了一些些，蕈傘上的水珠兒像紅寶石一樣閃閃發光。

變得比較多話的塔布卡說：「小玉，妳這條淡黃底藍色花朵圖案的大毛巾好美喔！」

「妳是說小貝嗎？謝謝誇獎！」

「現在剛好起風了，我可以借妳的小貝來當風帆嗎？這樣我們就可以加快一倍的速度。」

「風帆？帆船上的風帆嗎？好，沒問題喔，讓小貝當風帆說不定比當小狗還酷。」小玉立刻答應了塔布卡的提議。

兩人合力把小貝掛在透明船屋甲板的旗桿上，並且小心地繫緊繩子，免得它被風吹跑。不久，小貝就展開全身迎向撲面而來的風，整個鼓脹起來，變成了一張毛巾被質料的船帆。玻璃船屋微微震動了一下，隨後便輕快地在河面加速滑行起來。

小玉從背包中拿出茶葉蛋來，請招財貓和塔布卡吃。總共有三個茶葉蛋，招財貓和塔布卡津津有味地很快就吃完了，可是小玉自己卻沒吃。

「我昨天在外婆家已經吃了好多，現在我比較想吃別的。」小玉咕噥著，望著那顆剩下的茶葉蛋嘆息。

「把這顆茶葉蛋也種到沙地裡吧。我想，利用這顆茶葉蛋當種子，一定會長出一棵巨大的蛋型蘑菇！」塔布卡建議。

「不，不！我有更好的主意。」剛吃完垂涎已久的茶葉蛋的招財貓，滿足地舔舔爪子，說：「小玉，妳現在想吃什麼？我們用這顆剩下的茶葉蛋做魚餌，從河裡釣釣看！剛從河水裡釣出來的東西，一定新鮮又好吃。」

「這個主意不錯！」小玉立刻拍手贊成，「我現在想吃巧克力甜甜圈、火腿起司三明治，還有炸蝦和薯條！如果有馬鈴薯沙拉的話，來一小盤也不錯。」

「妳有沒有弄錯？只有一顆茶葉蛋欸！人類就是太貪心。」招財貓嘀咕著把茶葉蛋綁在一根細絲線上，走到甲板上，把綁著線的茶葉蛋放進水裡。

各位要知道，這時候的船速比剛才足足快了一倍，這都是因為有小貝充當風帆的關係。那個在水裡當餌的茶葉蛋，在強烈的水流速度下，差一點就滑掉沉入河底了。招財貓拉著那根釣魚線，嘴裡咕咕地不知在唸些什麼咒語。很快就有東西上鉤了，拖著魚線往下拉。

「啊喲！快來幫忙啊！我快要被拉下去囉！」體重很輕的空心招財貓，死命地拉住那根線大叫著。

於是塔布卡連忙抱住拖著魚線的招財貓，免得他掉下去；小玉又趕緊抱住塔布卡，以免塔布卡和招財貓和釣魚線和茶葉蛋都一起沉到河裡。他們合力把釣魚線往上拉、往上拉，結果拉起一隻熱呼呼、響吱吱、裹著濃稠巧克力醬、灑滿五彩糖粒、又大又圓的甜甜圈！它足足有一個八吋蛋糕那麼大呢。

「這是小玉想要的午餐。偶爾喜歡換換味口是不錯，可是我還是覺得，阿婆的茶葉蛋才是最棒的。」招財貓擦著汗、摘下魚鉤上的巨大甜甜圈給小玉時說。

「招財貓……這個……該不會是泥土或竹葉變成的吧？」

「安啦，我給的東西，一律可以放心，我可不是那個喜歡惡作劇的芒神唷，我是一隻好精靈。」

小玉半信半疑地望著手中熱呼呼的甜甜圈，低頭咬了一口。那味道……怎麼說呢？又香鬆又柔軟，比小玉以前吃過的任何一種甜甜圈都好吃。

「歐買尬！這是哪種甜甜圈啊？太好吃啦！」

「這叫『多納滋魚』，是限量推出款喔，以後可沒機會吃到了。」

招財貓得意地捻捻鬍鬚，並對一旁的塔布卡眨眨眼。

＊　＊　＊

終於透明船屋裡的每個人都吃飽了。大家一面欣賞著岸上的風景，一面用吸管啜飲著塔布卡準備的檸檬汽水。風勢逐漸變小，最後連一絲風也沒有了，小貝只好垂頭喪氣地攤在旗桿上。空氣愈來愈悶熱，船屋上的每個人都昏昏欲睡。

就在這時候，一陣尖聲嚎叫把大家都驚醒了。岸邊的森林裡，有一隻全身長滿了灰黑色粗毛、嘴邊生著兩根白森森獠牙的野豬，一邊發出震耳欲聾的慘嚎，一邊狂奔出森林，朝著河岸邊跑來。一個全身上下穿著傳統原住民服裝、手中拿著一根長矛的獵人，在牠後面緊追不捨。是鄒族獵人在狩獵野豬！

「我們快點過去救牠！」小玉見狀大喊，「雖然對不起那個獵人，可是我們既然看見了，就非救那隻豬不可！」

「唉，妳以為烤豬排是怎麼來的？」招財貓低聲嘀咕。

結果那隻野豬自動往河裡一跳，泅泳著往船屋靠近。奇怪的是，當那隻野豬攀附著船椽爬到甲板上來以後，岸邊那位鄒族獵人好像就找不到牠了。他呆立在河岸邊，茫然失措地東張西望著，企圖找到剛才追獵的野豬身影。隨著船屋逐漸駛離，那位鄒族獵人的身影也慢慢消失不見。

野豬安全了。牠哼哼唧唧地在甲板上亂嗅，還想要闖到玻璃屋內去。可是塔布卡害怕牠會傷害到室內沙地上的仙人掌和樂透菇，所以把透明的艙門關起來了。外面的甲板上，只剩下那隻繼續轉來轉去、嗅來嗅去的野豬。

「餓扁了！餓扁了！……」野豬一邊用鼻子噴著氣、嗅聞著空空的木頭甲板，一邊不停地嘮嘮叨叨。「剛才逃得太辛苦，現在肚子加倍飢餓。餓扁了！餓扁了！」

在透明船艙裡面，有三張臉正緊貼著玻璃，觀察野豬的行動。沒錯，這三張臉就是小玉、招財貓、塔布卡的臉。他們正在衡量這頭野豬有沒有危險性——是否值得冒險把牠放進來，還是得趕緊把牠送上岸去

比較好？

彷彿知道這三個人的想法似的，野豬慢慢朝船艙靠過去低語（故意用低沉、性感的聲音說話）：「為了答謝你們，我願意把一個天大的祕密告訴你們：我知道，就在這森林裡不遠處，有一個地方，埋藏著以前人類為了躲避戰爭，所偷偷埋起來的黃金。這個地點只有我知道——我是在挖掘地瓜時無意中發現的——如果你們讓我進去，我還可以用我的獠牙在沙土上畫地圖給你們看。」

「是……真的嗎？」塔布卡眼睛一亮。

「我們應該相信一頭長著獠牙的野豬說的豬話嗎？」招財貓面露懷疑。

「我們不需要黃金，而且，我聽我媽說，最近黃金正在『貶值』。」小玉說。

「不，喔，是，不……對，我才是這裡的主人。我很樂意開門讓你進來……畫地圖。你進來以後會守規矩吧？」不知是不是財迷心竅，塔布卡突然挺起腰桿，用顫抖的嗓音說道。

「那有什麼問題呢？親愛的女士！」野豬用溫文有禮、富於磁性的聲音回答。

於是船屋的玻璃艙門慢慢地自動開啟了。塔布卡帶著緊張的微笑，站在門邊歡迎野豬登堂入室。小玉抱著招財貓躲在另一側。

等到艙門完全打開，野豬立刻發揮牠的本性，一頭直衝進去，並且到處橫衝直撞起來——牠把沙子踢得滿天飛，撞破了玻璃屋牆，還把剛長出來、胖嘟嘟的粉紅樂透菇給一口吞下肚去，吃了（塔布卡在瞬間變紅、變藍、變白，變透明消失，重新隱身在環境中）。

野豬又追著小玉跑，想要頂她的屁股，把她撞上天花板去。不過牠在經過仙人掌時，食慾又發作了，對著仙人掌張口就咬……只聽見一聲慘嚎，野豬滿嘴都被仙人掌刺給扎滿了！牠忍不住倒在已經一片凌亂的沙地上打著滾，翻攪起更多的沙塵。哎哎哎，真是混亂的場面！

終於，當塵埃都落回地上，四腳朝天的野豬也停止了掙扎、安靜下來時，透明船屋已經變成了沙塵暴船屋了。不過還好，船屋畢竟是船屋，劇烈搖晃了一陣之後，並沒有立刻沉下去。

過了幾秒鐘，角落響起了隱形的塔布卡悲傷的哭泣聲——就像是破碎的玻璃風鈴所發出的：「嗚嗚……嗚嗚……我的樂透菇，我的樂透菇被吃掉了……嗚嗚嗚！」

「沒有關係啦，再種就有了，我這裡還有孢子呢……」招財貓偷偷安慰她，她才勉強不哭了。

「噓……別給那隻壞野豬聽到。」小玉提醒道。

吃了樂透菇的野豬，背部朝下、肚皮朝上，四條細細的豬蹄朝天豎起，動也不動一下，看起來就像死了一樣。

「是樂透菇的關係。牠吃了有毒的樂透菇，可能小命不保。」招財貓嘆息。

可是才剛說完呢，野豬哼了一聲，四條短腿一蹬，又翻身站了起來！牠豌豆般的小眼睛裡露出紅色凶光，鼻內噴出陣陣灰色不明氣體。

「嘿嘿嘿……我是不會這麼容易死掉的。招財貓，你並沒完全說實話，我要不客氣的揭穿你。」野豬張開長著獠牙的嘴巴、噴著白色唾沫，說話時不住地上下晃動鼻子。牠用一種跟剛才講話截然不同的邪惡語氣，大聲宣布：「營火已升起了，全都給我起來跳舞吧！」

6 阿虎羅羅出場

「是亞歐塔・克利曼斯巴圖克・安奈多多・烏吉曼・KK・阿虎羅羅，也就是你們所說的芒神！」招財貓喊著，連忙把小玉拉到自己身後，想要保護她——可惜他的體積太小，根本擋不住小玉。至於隱形的塔布卡，早就無聲無息不知躲到哪裡去了。

「什麼？芒神原來是一頭山豬！」小玉失望地嚷道。

「我當然不是一頭山豬！」野豬說。

「你當然是！」小玉說，「你的外表明明就是山豬的樣子。大家都知道『光看外表就足以判斷一切，不需要想太多，新聞節目就是最好的例子』，這是我爸說的，而且我爸在說這些話的時候表情很嚴肅，不像是在開玩笑。我在書裡看過山豬的照片，不會弄錯。外婆說芒神看起來『黑黑瘦瘦』根本就不對，你雖然黑，可是一點都不瘦！」

「全世界的外婆所說的話，都不能太相信，還有新聞節目也是。」野豬：不，芒神說道，「我會變身，這只不過是我的變身裝扮之一。其實我從剛才就一直不停出現在你們身邊，只是我偽裝成別的東西，你們不知道而已，哇哈哈哈！」

「你變成一隻甲蟲當做誘餌，抓走了男孩阿冽吧？」招財貓說。

「被你看出來了？沒錯，就跟釣魚一樣。我變成一隻油光閃爍的藍黑色超級大甲蟲引誘他，那男孩還稱呼我海……海什麼金剛的呢！哈哈，他想抓我當他的寵物，沒想到自己會被我抓去當寵物啊。真是個傻瓜蛋！哈哈哈哈！」

「他在哪裡？他還好嗎？」

「他在哪裡？當然是在我的精靈圈裡跳舞啊！這些因為一時狂熱貪慾而落入我的陷阱裡的人，我都讓他們加入『精靈瑪雅士比』火熱戰舞的行列，而且讓他們想停都停不下來，儘量跳個過癮。他現在快樂得快要抓狂了吧！太妙了！反正營火已升起了，大家就瘋狂跳舞吧！」

「什麼？你讓他跳舞跳個不停？那孩子一定會累死的！快告訴我們你把他藏在哪裡！」

「招財貓，別裝了，你很清楚，什麼方法可以最快速地進入精靈界……怎麼，你是不是捨不得再度打開你的寶貝毒菇錢包？你寧願捨棄捷徑，而繞道遠路？」

「什麼什麼……你這頭蠢豬魔神仔……」招財貓氣得露出難得一見的牙齒。

「什麼什麼……你這尊吝嗇矮貓仔……」芒神故意誇張地學招財貓的腔調。

「別吵了！兩位。」小玉大喊，「如果你真的是芒神，證明給我們看！這樣我才能相信你說的話。」

「妳想叫我變成一隻像蚊子那樣的小東西，然後讓我飛到瓶子裡去、關起來嗎？我不會上當！可是為了證明我真的是魔神仔，我可以變成不大不小的東西。看著吧！」

野豬抬起鼻子深吸一口氣，然後追著自己的豬尾巴，原地轉了三圈。呼！牠變成了一條響尾蛇！響尾蛇嗤嗤響著，追著自己沙鈴般的尾巴，又在原地轉了三圈。呼！牠變成了一塊木炭！接下來，芒神為了證明自己的能力，又接二連三地變成了一個大海螺，變成一株玫瑰樹，變成番茄披薩，變成iPad，變成一坨曬乾的牛糞，變成母雞，變成憤怒

鳥，變成一盤臭豆腐，變成眼鏡，變成墓碑，變成毯子，變成書，變成香腸，變成透明塑膠小豬撲滿，變成小天使石像，最後還變成了一個長著黑色烏鴉翅膀、尖尖鳥喙的鳥面人身怪孩子。

「好厲害喔！比電視上的魔術表演棒多了，你是我的新偶像！」小玉拍手叫道，「可是你為什麼變成這副怪樣子、四不像？為什麼不變回山豬了呢？」

「小玉，這……這才是他本來的長相。」招財貓偷偷對小玉說。

「一點也不錯！我就是長這副怪樣子、四不像。」芒神雙手叉腰，揚起頭來，用他又短又尖、如麻雀一般的鳥喙說道，「不要忘記，我是精靈，不是凡夫俗子。」（在這裡補充說明一下：芒神的身高只有小玉的一半，可是仍然比招財貓高了一倍有餘。）

「他跟我一樣，有著古老的貴族血統，與埃及那邊的精靈也有一點親戚關係。連思芬克斯都認識他呢！」招財貓低聲解釋給小玉聽。

「真的？好酷喔！」小玉合掌在胸前，俯身半蹲著朝向芒神，露出滿臉羨慕的表情。「芒神大哥，你可以帶我們去找阿洌嗎？求求你，我好想看看精靈世界。」

「叫我阿虎羅羅就可以了，芒神這名字聽起來很蠢。」他說道，「你們凡人想要進入精靈界，並不難。想立刻救出你們的同伴，就問問那隻小器的招財貓吧！」

招財貓愣了一下，然後唉聲嘆氣地拿出了他的毒菇錢包來：「如果平時不省著花用，怎麼可能會有積蓄呢？真是的。」

「你的個性還真是討厭啊。」阿虎羅羅說，「快！」

可是就在這個時候，大家都聽見一陣奇怪的「咚！」聲，接著是「咕嘟咕嘟……！」有水灌進來的聲音。原來，剛才經過化身為野豬的

6 阿虎羅羅出場

阿虎羅羅一鬧，這艘透明船屋的船殼底部給撞裂了一道開口，現在終於快要沉了！

「完了！透明船屋要沉了。我不會游泳啊！」招財貓喃喃自語。

「我也不會！」小玉說。

「看吧，沒有我是不行的。」阿虎羅羅一點也沒有反省這一切是誰造成的，反而相當得意。「那麼我就變成一隻大烏龜，把你們都載到岸上去吧。」

「別……別忘了，還有我啊！」空氣中傳來塔布卡有氣無力的鈴聲。

「還有我的小貝！」小玉嚷著，跑到旗杆旁邊，把毛巾被解了下來。阿虎羅羅用那雙黑豌豆般的烏鴉眼睛緊盯著小玉手中的小貝，輕吹了一聲口哨，說：「那條花色風帆是妳的？不簡單喔。人都到齊的話，那我要變囉！」說著阿虎羅羅便張開翅膀，原地轉了三圈……「呼」一聲，他變成了一隻超大烏龜！像桌子一樣大的綠色龜殼上，還設有四個附有柔軟靠背的橙色絨毛座椅，真是超人性化的設施。

等到大家都爬到龜背上的座位去坐好以後，阿虎羅羅就噗通一聲滑進了水裡，很快就把大家都載到了岸邊。

由於搭乘的時間太短暫，大家都有點捨不得從變成大烏龜的阿虎羅羅背上下來。可是阿虎羅羅威脅著說，如果大家再不從座位上下來，他就要直接變成老虎把所有的人都吃掉。大家一聽，就連滾帶爬的全下來了。小玉是最後一位從龜背上跳下來的人，她穿著紅布鞋的腳落地時，剛好目睹那艘美輪美奐的透明船屋的最後一截白色旗杆，消失在水面下。

「永別了！我的仙人掌。以後再也不用替你澆水了。」塔布卡嘆息。

阿虎羅羅一眨眼間就恢復了鳥面人身的原形。他催促招財貓：

「快！把你的發光小菇種下去，我們的時間不多了！精靈界的門只在特定的時間內開放，錯過這個時間，就要等明天了。」

「好啦，我知道了。」招財貓從他的毒菇錢包裡倒出了一小堆發光的淺綠色粉末，然後沿著眾人周圍用這粉末灑了一個大圓圈圈，把大家都圈在裡面。

那些淺綠色的粉末，實際上就是發光小菇的孢子，它們很快就鑽進了濕潤的泥土裡，並且在大家的周圍，慢慢生出了一朵、兩朵、幾十朵的白色芽莖，它們悄悄地抬起腰桿、撐起一柄柄圓圓的白色小傘來。轉眼間，一行人就被圍繞在輕盈薄透的白色小傘蕈圈子裡了。

「發光小菇仙女環！聒嘎！馬拉踢把俗辣杯杯傘菇發威！」站在中間的阿虎羅羅突然展開翅膀大叫。周圍的白色小菇在瞬間同時發出了綠色的螢光來，緊接著，小玉只感到一股奇怪的暈眩，還聽到阿虎羅羅得意的狂笑聲。不知為什麼，她忽然想到塔布卡提到發光小菇時所說的話：「一旦啟程出發去了想去的地方，就永遠不能再回來了。」

7 毒蕈妖精環和美麗香菇園

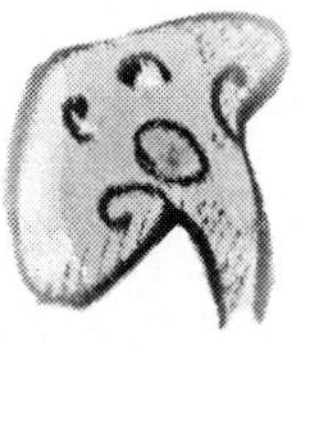

阿洌那一邊的情形怎麼樣呢？說真的，他是怎麼被阿虎羅羅捉來這裡的，他可一點也不清楚。他唯一記得的事，就是在他發現樹叢中的巨大甲蟲——海克力士金剛，正想要抓牠到手時，突然聽見背後有個好像很熟悉又很陌生的微小聲音，在背後喊他：「阿洌，阿洌！你不要我了嗎？我是莫德維克金剛啊。」他一回頭，就被拉到精靈圈裡面來了。

現在，可憐的阿洌，左手抓著一面草編盾牌，右手執著一根竹製長矛，正在毒蕈妖精環中，跟著一大群小妖精、小昆蟲、小怪物們一起「嘿、嘿、嘿、嘿！」地一面吼著一面猛力跺腳、繞著圈圈跳戰舞呢！

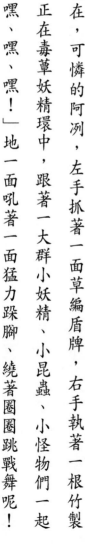

圈圈的中心，生著一堆藍色的營火，那火光一忽兒藍、一忽兒綠，就像極光一樣，不過它是有熱度的。這群怪里怪氣的舞者們臉上映著顏色詭異的火焰光芒，繞著營火愈跳愈快，根本就停不下來。阿洌不知道自己怎麼也會跳得這麼熟練、跟大家的動作那麼一致，雖然覺得很有趣，可是跳了這麼久，他的腳又痠又痛，再繼續跳下去，腳恐怕就要跳斷了。

他唯一覺得安慰的事，是發現跟他繞著同一個圓圈共舞的舞者群中，竟然也有他不久前才放生的螳螂莫德維克金剛。他本來想大聲呼喊、跟牠打聲招呼的，可是轉念一想，說不定就是莫德維克金剛害他到這裡來的，於是一氣之下，就不想理牠了。

莫德維克金剛揮舞著兩把天生的小鐮刀，自顧自地似乎跳得很陶醉，看來在跳戰舞方面，昆蟲的耐力是要比人類高明得多啊！在毒蕈妖精環的旁邊，一隻大腹便便的牛蛙，正有節奏地用牠的蹼掌拍打著自己又大又圓的白色肚皮，充當戰鼓；每當有蚊蟲飛過牠面前，牠就伸出長舌頭把牠們捲進嘴裡吃了——做這個動作時，牠的身體完全不需要動一下，依然有條不紊地敲著牠的肚皮鼓。

當小玉、招財貓、阿虎羅羅、小貝「突然間」現身在精靈界時，不巧正踩在牛蛙鼓手的頭上——於是，剛剛才飽餐一頓的牛蛙就這麼殉職了（幸好牠死前有吃飽）。鼓聲中斷，但在毒蕈妖精環中舞蹈的眾人依然不停地跳著，絲毫也沒有要停下來的意思。

「喔喔喔好可怕好害怕喔……！」隱形的塔布卡銀鈴般的聲音響起。她一定是低頭看見了被壓得扁扁的青蛙屍體——雖然很害怕，可是嗓音依然清脆悅耳。

「這個拓印在地上的青蛙圖案相當美觀，我可以拿去當成壁飾貼在我房間的牆上。」阿虎羅羅滿不在乎地看看地上，又得意地指著旁邊那一群狂跳的生物說：「好好玩喔！瞧他們跳得真過癮哇！各位覺得我的『毒蕈環舞池』怎麼樣？很夠力吧！」

只見阿洌也置身在那群身不由己的傻瓜圈中，依然在那裡繞著圈圈，手舞足蹈地「嘿、嘿、嘿、嘿……！」哮吼著。

「趕快讓他們停下來啦！看起來很白痴耶！」小玉說道。

「小朋友不要隨便罵人家白痴喔，就算是大人也不可以。」招財貓說著也轉身對阿虎羅羅懇求。「你就讓他們休息一下吧！他們已經跳得很累了。」

「辦不到！」阿虎羅羅說，「這些都是我的俘虜，我抓他們來這裡，就是因為他們天生都是跳舞的天才，不讓他們跳舞太可惜了。」

「嘿、嘿、嘿、嘿……！」跳舞的眾生物齊聲回應阿虎羅羅的話。

「我看你是根本沒辦法讓他們停下來吧？你就承認吧！我說得對不

對？」招財貓露出鄙夷的神色說。

「原來如此。阿虎羅羅，你好遜！」小玉說。

「嘿、嘿、嘿、嘿……！」跳舞的眾生物齊聲回應。

「誰說的？我當然知道讓他們停下來的辦法。可是，你們要拿什麼來做交換？」阿虎羅羅不客氣地岔開雙腿站著，把兩個翅膀交叉在胸前，鳥喙翹得老高。

「這樣好了，我送你一朵大樂透菇怎樣？或者你要……十八朵？」招財貓問。

「呸喔……那麼難吃的菇菇，我在那艘玻璃破船上已經領教過了。何況我自己就有一整個森林那麼大的『美麗香菇園』——雖然叫做香菇園，其實裡面不只種著全世界最大最香的香菇，而且什麼種類的菇都有，不管你叫不叫得出名字。哈哈，誰稀罕你的樂透菇啊？」

「真……真的嗎？」塔布卡的聲音怯怯響起，「像森林那麼大的美麗香菇園，裡面什麼菇都有？……好羨慕喔，好想去參觀。」

「我想到了！我們就用這個做交換吧：阿虎羅羅告訴我們怎麼讓他們停止跳舞的方法，我們就答應讓阿虎羅羅帶我們去參觀美麗香菇園。怎樣？」小玉說。

「這主意不錯，聽起來滿公平。」阿虎羅羅高興地回答，「我就告訴你們怎麼讓舞蹈停止吧！事實上，毒蕈圈裡的舞蹈，一開始，就永遠無法停止。」

「什麼！」大家都大吃一驚。

「可是有一個辦法，可以救出被困在毒蕈圈裡跳舞的人。」阿虎羅羅繼續說，「那就是：請一個被囚禁跳舞者的朋友，拿著一件衣物，以匍匐前進的方式爬著接近毒蕈圈，然後在圈圈的外圍，伸手把那件衣物遞進圈內，並呼喊著那位被囚舞者的名字，請他拉住那件衣物，這樣就能把他拉出毒蕈圈外了。可是記住：那位幫忙的朋友，自己絕對不能也踏進毒蕈圈內。明白了嗎？」

「明白了。」招財貓說，「可是，哪裡有一件衣物可用呢？誰要脫下來？還有，應該派誰去把阿冽拉出那個圈子呢？」

「我去！只有我的力氣夠大，可以把阿冽拉出來。」小玉立刻舉手。

事情就這樣決定了。小玉一隻手抓著毛巾被小貝，四肢著地，在草地上慢慢地朝那群瘋狂跳著戰舞的舞者們前進。她來到由藍紫色毒蕈所圍繞成的圈圈外圍（小心地不碰到那些毒蕈），開始喊叫：「阿冽！阿冽！趕快伸出手來抓住小貝！」她把抓緊小貝的那隻手，伸進了毒蕈圈內。

剛開始時，阿冽聽到了小玉的呼喚，很吃驚地轉過頭來，但他的雙腳很快就帶著他跳離了小玉的身邊。等到他跳完一圈回來，再度經過小玉的身邊時，他已經準備好了——他拋下長矛，空出一隻手來，一把就抓住了毛巾的一端。趁這個機會，小玉用力把小貝往外一拉，就把瘦小的阿洌拖曳出圈子外了。

小玉、阿洌和小貝，三個都躺在草地上，累得氣喘吁吁。

「太好了！終於平安出來了。阿洌，你可真是把大家都擔心死了。」招財貓拿出手帕，忙著幫小玉和阿洌擦乾淨。

「嗯，如果再讓他們跳個十五分鐘，大概就會全部掛掉。你出來的正是時候。」阿虎羅羅手插腰說道。

「謝謝！謝謝你們救我出來。其實……跳那種舞還滿過癮的，就是好累喔。」阿洌終於開口了。「可是現在……我還想拜託大家一件事：我發現我的莫德維克金剛也在跳舞的圈圈裡面，我能不能也把他救出來？」

「可以呀。只不過那隻鬼頭螳螂若是你的朋友，就要由你自己來救才行！」阿虎羅羅說道。

於是小貝再度出馬，由阿洌抓住一端，前去呼喚他的莫德維克金剛。可是莫德維克金剛被救出來以後，也要求拯救他認識的小怪土球；小怪土球被救出來後，又要求拯救自己的朋友扁蝨跳跳；扁蝨跳跳又要求救出他所認識的小花精；小花精又要求……反正就是這樣一個救一個，最後在毒蕈妖精環裡，連一隻跳舞的小東西都不剩了。倒是在圈子外面的現場一片吵吵嚷嚷，就像菜市場一樣熱鬧！接下來，小東西們開始彼此道謝和道別，紛紛散去、各自回家。

「你雖然捉住我一次，害我差點餓死，可是你卻兩次讓我重獲自由。感謝你唷！」莫德維克金剛對阿洌說。

「不要客氣啦，以後我不會再亂抓昆蟲了。我被海克力士金剛甲蟲的幻影騙得好慘！」阿冽有些不好意思。

「現在我只有小學三年級，等到我升上四年級，就會把偽裝術和裝死技術這兩門科目學得更好，這樣就不會被你們人類捉到了；等我升上五年級，我就會學會分辨食物和控制食慾的科目，這樣我也不會被捉來這裡了。後會有期！」莫德維克金剛對阿冽揮揮螳螂手臂，便跟著小怪土球這一大夥體型袖珍的小東西們一起，用爬著、蹦著、滾著、滑著等各種行走方式穿過草地，然後越過崎嶇的灰色山岩離開了。

沒有人對阿虎羅羅打招呼，或是說一句話。不過，阿虎羅羅並不在乎這一點，他有點不耐煩地站在一旁跺著腳催促：「你們休息夠了沒？我等著你們履行交換條件呢！還不快點準備一下，我要帶你們去參觀我的美麗香菇園！」

「喔喔喔美麗香菇園喔光聽到這個名字我就興奮興奮好興奮

喔……！」塔布卡忍不住又歡呼起來。

「塔布卡，妳又現形了耶！」小玉張大眼瞪著聲音的方向說，「只不過，妳的樣子有點恐怖……因為妳的頭是紫色的，身體部分是橘色的欸。」

乾燥的紫色頭髮下面有一對細細眼睛、一個紫色小小朝天鼻和旁邊的點點深紫色雀斑、戴著黑紫框眼鏡，這樣的塔布卡，表情一下子又從開心變成了憂鬱。

「喔，是嗎？我怪模怪樣了嗎？不好意思，這樣真沒禮貌。」

「沒關係，俗話說：『只有一點怪，總比什麼都沒有好。』我們就別浪費時間了，走吧！我載你們去。」阿虎羅羅說著，張開翅膀在原地轉了三圈，呼！他變成了一個超大的天燈，天燈下面掛著一個大籐籃！

而且天燈上面還彩繪著香菇的圖案呢。

在招財貓的幫忙下，大家都樂呵呵地爬進了天燈下方的吊籃裡，連塔布卡的紫腦袋都笑得合不攏嘴。

「阿虎羅羅號天燈」緩緩升空，飄到了深藍色天空中的粉橘色雲朵之上。從這裡，他們可以藉著從雲中透出的光源，俯瞰下方精靈國度的景致：到處都是一畦一畦圓圓的山丘，形狀就像小玉媽媽所做的點心饅頭，它們都是彩色的。有些山丘還擁有彷彿畫家以畫筆細細描繪出來的華麗螺旋紋、圓形斑點紋等圖案；有些山丘則是光禿禿的，只飽含著砂岩和泥土，頂部還有一個冒著煙的火山口。

不知道為什麼，大家都屏氣凝神，沒有人說話。天燈無聲無息地飄過一朵又一朵像草莓奶昔一樣的雲朵。每當身在雲朵中間時，就會聞到一股甜甜的棉花糖香味，感覺好像有幾百隻水精靈、小仙子飛來親吻乘客們的臉孔，可是當天燈載著大家穿出雲層時，他們立刻就會發現剛才沾濕臉龐的只是雲中的水氣而已。

接著，天燈逐漸飛近一座半透明的彩虹橋——橋就位於兩朵雲之間，閃爍著七色的幻彩，它的周圍有許多一閃一閃的金色小星星圍繞著。只聽招財貓低喊著：「快到彩虹橋了啊……」然而這時天燈卻開始下降，原來燃料用完了。它降落的速度很快，簡直就像墜落一般，嚇得大家趕緊抱住自己的腦袋。

「安全抵達！」阿虎羅羅的聲音響起。眾人睜開眼睛，發現自己正站在一隻鼻孔噴出火煙、渾身綠鱗的巨大變色龍的背脊上，簡直嚇壞了！不過這顯然是阿虎羅羅開的另一個玩笑——他很快就變回鳥面人身的原形，並且望著在草地上跌成一堆的乘客，張開鳥喙嘎嘎大笑起來。

「歡迎光臨！貴客們，這裡就是我的美麗香菇園入口。本人身為主人，很榮幸擔任各位的嚮導。你們有任何需要，都可以告訴本人，本人一定會竭誠地為您服務。因為，不瞞各位，本人正是世界上最會招待客人的主人，保證會讓各位產生賓至如歸的感受啊。聒哈哈哈！」

「喔……我也很喜歡招待客人，我很愛端茶給客人喝喔……」塔布卡感動地發出清脆的鈴聲。現在，她的上半身已經變成淡紫色了，所以看起來比較沒那麼嚇人。

「嘎？紫色頭顱的小姐，別傻了，妳怎麼可能會比身為主人的我會招待！」阿虎羅羅皺皺眉。「本人是最善於招待客人的主人，這是一個有口皆碑的事實。」

大家不禁面面相覷。

「這裡也有很多昆蟲吧？」阿洌小小聲地說，像是在問問題，又像喃喃自語。

「這裡的香菇也會形成害人跳舞跳個不停的毒蕈妖精環嗎？」小玉問，「妖精環也就是精靈圈或仙女圈嗎？是不是所有在森林裡圍成一圈生長的菇菇，都可以叫做妖精環？」

「妳在說什麼？這位尊貴的小姐？我聽不懂。」阿虎羅羅說。

「讓我來說明好了。精靈的頭腦太簡單，如果妳提出的問題字數超過三十個字，他們就會無法理解。」招財貓說，「在下過雨後的第二天，許多有毒的蕈菇長出來，在草地上圍成了一個環狀，那個圈圈就叫做『毒蕈妖精環』；白色的蕈菇們圍成一圈所形成的環，就叫『仙女環』。可是仙女環有時比毒蕈妖精環更毒，只是外表看不出來。而且，大部分看起來很親切的菇類都是不能吃的，這點一定要記住。」

「如果不小心吃了會怎樣呢？」

「吃了的話，可能會發瘋或死掉。如果有人不小心跑進某些妖精環中，也有可能會像阿洌一樣，被精靈們抓到精靈圈去瘋狂跳舞，一直跳到累死為止。」

「精靈們為什麼要強拉人家去跳舞呢？喜歡的話，自己跳就好啦！」

「唉，精靈們的想法跟人類是不同的。沒有人可以了解精靈，除了我以外。」

「那當然啊，因為你自己就是精靈。」

「不不……我跟一般的精靈是不相同的，這一點一定要區分清楚。另一方面，妳的毛巾被小貝，也有可能是一隻沉默的精靈，所以妳才會對它有感情喔。」

「什麼？你說小貝也是精靈？」

「唉，說來話長，該怎麼解釋給妳聽呢？」招財貓開始焦躁地轉頭舔起自己的背脊。「其實，世界上所有的東西，都是沉睡中的精靈，漂亮的花草啦、杯子啦、椅墊這些的——它們只需要一種強力魔法來喚醒它們。」

「魔法？什麼魔法？求求你告訴我！招財貓。」小玉又開始施展起死皮賴臉的功夫了。

「那就是『相信』啊！因為妳真心相信小貝是活的，所以他就活起來了。信心是世界上最強的魔法，沒有一種魔法可以勝過它喔。」

「這麼說來，信心真的好可怕呢！」

「一點也不錯，信心用錯了地方，後果也是很恐怖的唷。」

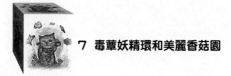

8 塔布卡不想離開

「停！夠了，招財貓，你怎麼這麼囉唆？別忘了現在我才是主人！」阿虎羅羅指著前方的洞窟說：「我以主人的身份命令大家：立刻出發，進洞！」

「我不要進去！我不喜歡那種黑黑的地方。」阿冽第一個拒絕。

「喂，變成客人的俘虜，不穿過洞窟隧道，就沒辦法進入美麗香菇園。」阿虎羅羅說，「而且裡面並不是全黑，裡面有照明設備啦！想去的就跟著我來，不想去的就留在這裡。」

阿虎羅羅邁開大步走進洞窟中。淡紫色和橘黃色的塔布卡跟在他後

面，接下來是緊抱住小貝的小玉，然後是招財貓。阿冽是最後一個走進去的，看來他也不想被留在外面。

阿虎羅羅說的果然沒錯：洞窟的頂端，每隔幾公尺都裝設著一盞綠色的小燈，發出青綠色的微光，仔細一看，才發現那些燈盞其實都是由一小群、一小群的螢光蕈和螢火蟲聚集、組合而成。兩側凹凸不平的壁面上，有一些五彩繽紛的東西從岩石皮殼中露出來，映著燈光閃閃發亮。

「岩石裡面那些……該不會是珍貴的寶石吧？」塔布卡問道。她紫色的頭髮映著綠色的螢火蟲燈光，變成刺眼的螢光色。

「只不過是水晶和碧璽而已！還有鑽石和黃金這一類的礦石。這種蠢東西多到數不清咧！」阿虎羅羅說。

「這……這些寶石……全都是屬於你的嗎？」塔布卡用顫抖的鈴聲敬畏地問。

「當然，這還用說？我是這裡的主人啊。」阿虎羅羅頭也不回地繼續走著。

愈往裡面走，四周就愈來愈明亮，這都是因為從石壁中露出來的寶石愈來愈多的關係。四處都是閃爍的紅寶石、藍鑽、金剛石、祖母綠，把大家弄得眼花撩亂。再往裡面深入，四周的石壁開始出現了一些彷彿經過人工修飾的痕跡：有上面鐫刻著古代象形文字的門柱、浮雕出螺旋藻葉和金魚紋飾圖案的壁龕。這些雕刻看起來都很斑駁、陳舊，有些還坍塌掉了。愈靠近走道盡頭處，洞壁愈發明亮起來，最後，整個洞壁都變成了黃澄澄的金子。

「如果我有帶一把鏟子來就好了。」阿洌說，「這樣我就可以挖一大塊水晶回去，幫我老爸做一個水晶煙灰缸。可惜這裡沒有黑色隕石，不然用隕石做煙灰缸更酷！」

「如果我可以帶走這裡的寶石的話，那我要選紅寶石，因為紅寶石太美了，我可以每天在睡覺前，一直看著它，然後做一個玫瑰色火焰的夢。我也會幫我媽選一個藍色的寶石，因為她比較喜歡藍色，她可以看著那顆藍寶石，做一個關於海洋的夢。」小玉說。

「那很簡單，我可以送給你們一些啊。」阿虎羅羅回過頭來，不懷好意地說，「不過，你們必須多陪我玩幾天，當我的客人，直到我答應讓你們回家為止。」

「那怎麼行？這兩個孩子的爸媽肯定擔心死了……」招財貓的話還沒說完，就被阿虎羅羅發出的一聲怒吼打斷。

「可惡！是誰這麼大膽，竟敢在我的私人洞窟隧道裡隨便塗鴉？」

阿虎羅羅站在一片具有優美弧度的平滑黃金壁面前，氣呼呼地指著高處的一行以紅色油漆筆寫得歪七扭八的大字：

思芬克斯到此一遊

「啊？」招財貓看見那行字，露出大吃一驚的表情，差點忘了把嘴巴閉起來。

「不知是哪個該死的遠親，不打聲招呼就私自跑來觀光，又隨便留下不該留下的東西！」阿虎羅羅繼續罵，「思芬克斯是誰啊？我怎麼不記得有這個親戚？」

「說不定是你的一位古老的遠親……科科……」招財貓提醒道。

「思芬克斯？那不是你在埃及的老朋友……？」小玉脫口而出。不過招財貓連忙對小玉做出「噓！」的噤聲動作，阻止她繼續說下去。

「是嗎？某位不請自來的遠親？真是丟臉的親戚，還故意把字寫得那麼高。下次他再來，我一定要叫他親自給我擦乾淨。」阿虎羅羅沒注意到小玉說的話，自顧自埋怨著。

「說不定對方住得很遠……不會再來了呢，所以才要留下紀念……」招財貓自言自語。「不過，唉，要一個很老很老的老傢伙改掉壞習慣，可不太容易！」

當大家走出洞窟隧道時，都很高興。因為除了聞到陣陣強烈的香菇芳香以外，他們還發現，塔布卡幾乎已經恢復正常的顏色了——草色髮、黑框眼鏡、灰色洋裝、提著綠色澆花壺的粉嫩雙手，還有膝蓋和腳丫——顏色都很正常地呈現在大家的眼前。

「我好喜歡這裡！阿虎羅羅……一切都跟大家說的不太一樣。」塔布卡臉頰紅紅地說道，連她的褐色雀斑都閃亮閃亮呢，她的聲音真好聽！

「高貴的小姐、最最尊貴的夫人！您有一個了不起的澆花壺，而且還是『波拉坯哩轟』的名牌魔法壺！等一下，您就要見識到世界上最了不起的香菇園了，有眼光的客人您一定會很欣賞，我這個主人也與有榮焉。」阿虎羅羅奉承地說道。他聽見有人喜歡這裡，頓時容光煥發，連頭頂的黑色冠羽都豎起了好幾根。

他說的沒錯，走出洞口之後，呈現在眼前的是一大片充滿了各色菇類的森林：除了撐著淡褐色參天蕈傘的巨大香菇，還有像海灘遮陽傘那樣大的草菇、形狀就像綿羊腳一樣的綿羊腳菇、像鬆餅一樣堆疊得一層又一層的雞油菌、像帶著荷葉邊號角般的黑喇叭菇、像降落傘一樣的天藍色蘑菇、表面布滿織網的黃色猴頭菇、莖桿粗得像神木一樣的褐色牛肝菌、像是一片白色圓頂帳篷上面冒出一點一點粉紅色草莓凝露的奶凍菌、成群像巨大扇面的彩色木耳、一大堆像灌木叢的鵝黃色鴻禧菇、像杉樹般高瘦看不見頂的金針菇、像一窩鴕鳥蛋一樣的鴕鳥蛋菇、完全像是煎熟荷包蛋的荷包蛋菇等等。這裡也有好幾枚樂透菇，只不過它們比較胖，而且一直不停地扭來扭去，跟招財貓種出的小樂透菇不太一樣。所有的菇類都長的像樹木一樣高大，看起來十分壯碩，其中有些菇的莖桿上還開了小門，可能有小生物住在裡面。

「嘩！」小玉仰頭嘆息，「看到那一堆像橘子果露一樣可愛的菇菇沒？看那隻小狗菇！還有那一簇淡紅色碗公一樣的菇菇！」

「妙啊！」招財貓說，「那個長滿金色毛髮的大嘴菇是食肉菇吧？挺嚇人的！」

奇怪的是，這次塔布卡沒有出聲，只是靜靜地凝視著這片壯觀的菇菇森林。

「你們現在看見的只不過是我的美麗香菇園的一小部分而已，在這座山的後頭，是一片竹林，那裡有我的竹笙園；再下一座山，是一片松樹林，那裡有我的松茸園和松露田——附帶說一下，香菇松茸飯超好吃的！再下一座山，是一大片牛樟木，那裡有我的靈芝園，那兒常常有小偷出沒，可是只要被我逮到，一定罰他在毒蕈環內跳舞跳到我過癮為止……」阿虎羅羅滔滔不絕地介紹。

「請問一下……」阿冽舉起手來發問，「廁所在哪裡？我忽然很想尿尿……」

「那邊！」阿虎羅羅指指一叢不起眼的草灰色矮菇說，「那種菇很喜歡別人替它們施肥……只不過，上廁所時要稍微小心一點，因為那裡也有……」

話還沒說完，只見急著跑去尿尿的阿洌又衝了回來，大聲叫嚷著：

「那邊有怪東西啦！」

「我正要提醒你，客人，那邊也有幾隻咬鞋子菇，你的鞋子有沒有被咬到？」

「差一點點啦！還好我跑得快。」阿洌哭喪著臉說，「而且我忽然不想尿了。」

「請問……親愛的主人阿虎羅羅……不好意思，我可以這樣稱呼您嗎？」塔布卡用做夢般的輕柔語氣說，「我……我有一個小小的請求……我想替這裡的某一株……特別美麗的菇兒……澆澆水。可以嗎？」

不等阿虎羅羅回答，塔布卡就直接走向路邊附近一棵小小的、不起眼的、躲在草叢中誰都沒注意到的——一株半透明、帶著淡紫顏色、吊鐘形狀的小小菇。那株小菇瘦巴巴地低垂著頭，細細的白色莖梗也有氣無力地彎著，就像是一朵垂頭喪氣的吊鐘花一樣。塔布卡蹲下來，以便看清楚那株特別袖珍的小小菇，然後她舉起了她的綠色細頸澆花壺，讓壺裡的水輕輕地灑在這朵小菇的頭上。

各位應該知道，塔布卡的澆花壺裡裝著的一定不是普通的水吧？那株淡紫色的瘦小透明吊鐘菇，在被一陣雨霧潤澤以後，居然慢慢地抬起頭來了，而且就像是一朵小花張開花瓣，它的傘蕈也展開來、變大了。最後，它挺直了腰桿，朝著塔布卡的方向，好像為了答謝般，它發出了鈴鐺的聲音：

「叮！」

「叮噹！」塔布卡回答。

「咚！」小菇再次奏出音樂，「叮咚！」

「叮咚！叮咚！」塔布卡跟著唱。

「叮咚！叮咚！叮叮咚！叮咚！」小菇唱著。

「叮叮咚！叮咚！叮叮咚咚！叮叮咚！」塔布卡唱。

「叮叮咚咚叮叮咚！叮叮咚咚叮叮咚！叮咚！」小菇唱。

「叮叮！咚咚！叮叮！咚！叮叮！咚咚！叮叮！咚！」

「叮叮叮叮叮叮叮叮叮！咚咚咚咚咚咚咚咚咚咚咚！叮咚叮咚！」

……

現在這株透明小菇變得渾身亮晶晶的、充滿元氣地跟著塔布卡對唱個不停。你聽過兩個玻璃風鈴同時被微風吹動時所發出的此起彼落的聲音嗎？對了，聽起來就像那樣。

小玉看著這一幕，開心道：「看啊，塔布卡是個多麼美麗的女孩！現在她已經不再變色隱身了。」

真的，塔布卡好像全身發光似的，穿著藍白色海灘拖鞋的腳，正穩穩地踩在土地上快樂地蹦跳呢。

* * *

當彎彎的藍色月亮升起的時候，整座美麗香菇園充滿了靜謐而神祕的氣氛。月光映照在粗矮、細長不一的各色蕈柄上，反射出幽幽的淡藍色光芒；由巨大蕈傘交織而成的森林上空，有許多像是金銀粉末一樣的孢子，在夜空中川流不息，形成了一條條活動的小銀河。多麼美麗的夜色啊。

阿虎羅羅堅持要善盡主人的義務，在他的美麗香菇園中出現了一張好大的橢圓形餐桌，上面擺滿了豐盛的食物。只不過，受到小玉外婆說的故事影響，大家都不太敢吃。幸好塔布卡就像在透明船屋裡一樣，也為大家準備了許多好喝的飲料和可口的甜點，還有上頭覆著香草冰淇淋的可麗餅呢！雖然那些東西同樣也都是用魔法變出來的。

「尊貴的客人們，非常感謝你們的蒞臨。招待不周之處，請多多包涵！我阿虎羅羅最愛熱鬧了，為了達到賓主盡歡的目的，本人還準備了營火晚會等餘興節目，敬請大家共同參與！」阿虎羅羅站起來跳到桌上，伸出一隻翅膀來向大家說明。

緊接著「轟！」的一聲，一堆營火在旁邊不遠處的空地上升起。一隻停在白色巨大蘑菇上的白色貓頭鷹，開始「呵！呵！呵！」地怪叫起來，在一公里外的一隻停在紅色火菇上的紅貓頭鷹收到訊號，也跟著「呼！呼！呼！」地叫起來，通知更遠處的一隻停在黑色喇叭菇上的黑貓頭鷹……最後，住在美麗香菇園中的各種生物都聽到了貓頭鷹們的召喚，於是全都準備出門，前來參加這場夏日的營火晚會。

果然過了幾分鐘，巨大香菇森林中就開始出現許多移動的暗影，他們從四面八方的各個角落裡出現，迅速地靠近，朝熊熊燃燒的營火圍攏過來，他們有：日光精靈、雨精靈、樹精靈、草精靈、菇精靈、露珠精靈、小山怪、石怪、蜘蛛、蟋蟀、毛蟲、五彩蛞蝓（許多菇菇身上的大小洞洞，就是牠們啃咬之後的傑作）、大蕈蟲、飛蛾、飛蛾的幼蟲、蚯蚓、松鼠、地鼠、各種鳥類和不是鳥類的飛行小動物，還有一些叫不出名字、長的怪里怪氣或傻里傻氣的小東西。

這些小動物們起初有些膽怯地圍繞著營火和餐桌，不知道要做什麼才好。可是沒過幾分鐘，大家就放心大膽地交談起來，並且自動爬上橢圓大餐桌、抓取餐桌上的東西來吃了（幸好他們都不嫌棄阿虎羅羅所變出來的食物，其實那些東西看起來真的挺好吃的）。

本來非常害羞的塔布卡，竟然決定唱歌來為大家提供音樂。於是幾乎所有的小動物們都捉對跳起舞來，在塔布卡銀鈴般歌喉的伴奏下跳得渾然忘我。

然後，小玉和阿冽即興表演了一個摔跤的節目（結果當然是小玉贏了）；招財貓表演了他那變魔術的老把戲，失敗了三次之後，終於成功了。

身為宴會主人的阿虎羅羅也把他的變身老招拿出來表演：這一回，他把自己變成了一份香噴噴的超級巨無霸筒仔米糕！米糕就裝在竹筒裡，還熱呼呼地冒著煙呢。結果有一位已經有點喝醉的綠毛小怪，以為那是真的米糕，差一點就張嘴用力一口咬下去。

晚宴接近尾聲，眾小動物們決定為這幾位遠道而來的客人合唱一首歌曲，這首歌就是住在這裡的每一個精靈、每一隻小動物都會唱的〈我不寂寞歌〉：

《我不寂寞歌》

聒嘎嘎，不寂寞，我不寂寞！
雖然我住在廣大的香菇森林裡
每天看到的全都是香菇
香菇、香菇、香菇！
雖然我的周圍沒有半條蟲
每天只能夠自言自語
香菇、香菇、香菇！
聒嘎嘎，不寂寞，我不寂寞！
因為我知道在遙遠的地方
有一個遙遠的你在那裡
現在我除了香菇以外

也會開始想到你！

原來這些住在美麗香菇園裡的小生物們，彼此都住得很遠，只有在這種難得的筵席聚會中才會聚在一起歡樂。看來，美麗香菇園中就算有再多、再美的巨大菇類，都比不上一個會跟你在一起吱吱喳喳聊天的小夥伴吧？怪不得芒神阿虎羅羅要抓人類來跟他作伴了。說實在的，要不是他有點霸道，又喜歡惡作劇，不然應該有很多人會願意留下來陪他多玩幾天吧。

宴會到了尾聲，小動物們紛紛道別，回到他們自己位於菇菇森林各角落中的家去了。這時招財貓也提醒小玉和阿洌感謝阿虎羅羅的招待，應該告辭回家了。然而——果然不出所料——阿虎羅羅一聽說有人要告辭回去，立刻沉下臉來。

「不行！」他說，「沒有本人的允許，你們都不准離開。我以主人的身分，命令你們再留下來當我的客人三天……不，七天，不，一個月！一個月以後，你們才能走！」

「開玩笑！那怎麼行？精靈世界這邊的一個月，等於人類世界的……不行不行！絕對不行。」招財貓說道。

「天都黑了……我媽一定擔心死了！對不起，我非回去不可。」小玉說。

「我爸也是。」阿冽一副歸心似箭的樣子。

「我……想留下來！」塔布卡大聲說。

大家都轉頭看著塔布卡，因為剛才大家又不小心忘記了她的存在。一身淺灰色洋裝、清清楚楚呈現在大家眼前的塔布卡，提著她的魔法澆花壺，很有自信地用鈴聲般的嗓音說：「我注意到了……喔，當我為大家唱歌的時候，森林中的巨大香菇們也跟著節奏輕輕搖擺喔，而且它們還長高了三公分左右！這表示，香菇們都很喜歡我的鈴聲。另外，我捨不得離開我剛認識的吊鐘花小菇，它是我的知音，我想繼續照顧它，替它澆水。還有、還有……我喜歡那個寶石洞窟，也喜歡這座偉大的美麗香菇園，我覺得這裡就是我找尋很久的『家』。所以，如果主人阿虎羅羅不介意的話，我願意留下來，而且留得很久很久，當這裡的園丁！……咦？」

「咦?!」大家不約而同也發出了同樣的聲音。

原來，剛才站在石頭上氣呼呼咆哮的阿虎羅羅，現在居然哭了，他豌豆般的小眼睛變得通紅，舉起翅膀來拭淚。

「太好了，嗚嗚……！」他哽咽說，「有人自願要長期地留下來，我太高興了！」

大家立刻舉起雙手歡呼起來。這真是皆大歡喜的收場啊！有了塔布卡願意留下來，阿虎羅羅終於決定放其他人走了。他還拿出一大塊紫水晶送給阿洌當禮物，也送給小玉一顆像雞蛋般大小的紅寶石，以及一顆同樣大小的藍寶石做紀念——小玉高興地跟他道謝以後，把兩枚寶石裝進背包裡。招財貓拒絕了阿虎羅羅的任何餽贈，他看起來很焦躁。

「你們知道嗎？精靈界內的一天，等於人間的三天。」最後招財貓終於說出了他的疑慮，「我們從中午折騰到現在，在人間恐怕已經過了兩天了。小玉、阿洌，你們的爸爸媽媽一定都急死了！」

「啊，天啊！完蛋了！」

「糟了，那怎麼辦？我們可以立刻回去嗎？」

9 森林裡的爸爸和媽媽

小玉的媽媽帶著兩個黑眼圈，就像一隻無頭蒼蠅一樣在檜木森林裡亂轉，每隔幾分鐘，她就用雙手圈起嘴巴做成喇叭形，對著看似暗無邊際的森林深處吶喊：「小玉！小玉！妳在哪裡？」

爸爸也在她身邊拿著手電筒到處照——原來是媽媽發現小玉失蹤了，緊急呼叫爸爸從工作地點直接趕到這裡來的——他一臉疲憊、蓬頭垢面，看起來也有兩天沒睡覺了。

阿冽的爸爸也在，他的狀況跟小玉的爸媽差不多，幾乎快要崩潰了，只不過因為戴著太陽眼鏡的關係，所以看不出來。在他們的周圍，有一群山區救難隊的人員和警察、幾位熟識山路的原住民，都在幫忙搜尋著在森林中失蹤兩天的小玉和阿冽。

「都是我不好！」媽媽邊翻著腳邊的矮草叢邊哭，「如果我細心一點，早點發現他們不見就好了……小玉不會被那個什麼『芒神』給拐走吧？小玉！小玉！妳在哪裡？快回答媽媽！」

「現在說這些有什麼用？還有妳翻找那邊的草堆做什麼？小玉又不是一隻小昆蟲，不會躲在那麼小的一堆草叢裡啦！小玉！小玉！回答爸啊！」爸爸推著不斷從鼻樑上滑落、沾著泥污的眼鏡，沒好氣地邊埋怨、邊呼叫著。

這時，一位協助搜尋的原住民朋友走近爸爸媽媽的身邊，說：「從頭到尾都沒有人看見那兩個孩子的蹤影，也沒有被綁架的痕跡。這情形，說不定真的是被芒神騙去了喲，因為在我們這邊並不是第一次發生這種事喲。」

「芒神？」爸爸露出一臉迷惑不解的表情。

「你是說芒神？」媽媽瞪大眼，「那個喜歡餵別人吃泥土的搗蛋妖怪？呸呸呸，我說錯了，失敬失敬，我的意思是山裡的大神……請千萬要善待我的孩子啊，求求你快點放她回來……不行！如果真的被他捉走的話，我的小玉一定會得腸胃炎或肝病的啊！」媽媽語無倫次、打躬作揖，看起來已經快發瘋了。可憐的媽媽！

「芒神雖然調皮，但不一定很壞。被他抓去的人，通常在一個星期之內都會被放回來喲。」原住民朋友安慰爸媽。

「啊，是這樣嗎？」小玉的媽媽似乎有感受到一丁點的安慰。

爸爸還是有點搞不清楚狀況地問：「那個叫芒神的人，是神經病患者嗎？為何要抓人？我們沒有辦法可想了嗎？」

「有一個辦法可以試試。」原住民朋友說，「那就是在森林裡製造出芒神所無法預料的巨大聲音。那樣的話，芒神就會被嚇到，而立刻把拐走的小孩放回來了喲。」

「製造巨大的聲音？怎麼製造呢？」

「譬如說，在神木下面掛一面巨大的鑼，然後用力把它敲響。或者是買五十串鞭炮來在森林裡同時施放……但是，如果我們這麼做的話，立刻就會以妨害公共安全和森林保護法的罪嫌，被森林巡警給逮捕起來喲。」

「那這個方法聽起來好像不能用吶。」

「還有一個辦法喲。」

「什麼？」

「就是依靠人力，繼續努力搜索這附近方圓十公里內的山區喲。」

於是大家立刻停止說話，分頭繼續努力搜索……

10 發光小菇彩虹橋

另一方面，在精靈的界域，阿冽幾乎快要扁嘴哭泣起來了，小玉也緊鎖眉頭不說話，有隨時準備哭出來的打算。

招財貓則敲著自己的腦袋：「我們一定要立刻回到人類的世界去，不然這兩個孩子的父母可能會急死咧！可是唉，發光小菇只能用一次，是單程不能返航。怎麼辦？怎麼辦呢？」

「讓我帶你們去吧！」阿虎羅羅說，「我們可以經過邊界的『彩虹橋』回去。」

他在原地轉了三圈，「呼」的一聲變成了一隻大老鷹，展開翅膀等

著讓大家爬上來騎乘。

等到抱著招財貓的小玉、阿洌都爬到鷹背上坐好，並且把自己繫牢以後。一行人就留下志願留守在美麗香菇園的塔布卡，緩緩地飛上了天空。遠遠地，只見塔布卡仰面揮著手的身影愈來愈小，終於完全消失在粉橘色的雲層下面了。

在變成老鷹的芒神阿虎羅羅背上，大家再度展開飛行。已經是晚上了，天空的顏色變成更加深邃的暗藍。幸好藍色的月亮一路伴隨著他們，為他們照亮旅途。雖然是夜間飛行，小玉和阿洌都很享受這種機會，貪婪地不住向四處張望。

「哼，不妙！」老鷹突然「哼」了一聲，飛入前方一大片密集的鐵灰色烏雲之中。當老鷹的身子穿進烏雲層中時，溫度瞬間降下了至少十度，

月光也消失了。在這片陰冷黑暗的籠罩下，小玉不由得打了一個冷顫。

更糟糕的事還在後頭呢：烏雲裡突然雷電交加，還下起雨來！白森森的閃電伴著震耳欲聾的雷聲，就在旁邊不斷閃爍，並交織成一張白色雷射光的電網；雨水嘩啦一下傾盆而落，把早已嚇呆的小玉和阿冽都淋成了落湯雞。

「噼哩！」猛然一道巨大的閃電襲來，老鷹發出一聲哀鳴，牠來不及躲避這突如其來的閃電，翅膀被灼傷了！

「嘎啊啊啊！慘了慘了……」剎那間，阿虎羅羅從大老鷹又變回了一隻小烏鴉，聒聒亂叫地猛撲著翅膀。這群鷹背上的乘客當然立刻就往下直線墜落……

「小貝！小貝！你不是毛巾被嗎？趕快變成一條『飛毯』吧！」小烏鴉忽然出現在急速下墜的大家身邊，亂撲著翅膀、聒聲大喊。

招財貓一聽，也跟著叫道：「對！小玉，快放開小貝，讓它變成一條飛毯吧！小貝，你要有信心！快變成一條飛毯，你可以拯救大家喔！」

說時遲那時快，「嗖！」一聲，小貝的身體在雷雨交加中瞬間延展開來，真的變成了一條飛毯，一條馬力十足、有著淡藍玫瑰圖案的淺黃色新型魔毯！

噗，噗，噗！小玉、阿洌、招財貓一個接著一個跌落在小貝身上。小貝穩定地承接住他們，安全載著他們緩緩飛出了危險的烏雲區。他們的前方，藍色的月亮又再度從散開的雲層間露出臉來。

「嘎嘎！你辦到了，毛巾被小貝！我就知道你是一個了不起的精靈！」變成了烏鴉的阿虎羅羅，不住地圍繞在小貝飛毯的四周，上上下

下地飛著、聒噪著。他一邊羽翼的尖端被雷火燒禿了一塊，幸好還可以勉強繼續飛行。

在烏鴉阿虎羅羅的指引下，小貝飛毯載著招財貓、小玉和阿洌，終於抵達了位於兩朵小雲之間、閃爍著七色幻彩的半透明彩虹橋畔，它的周圍依然有許多閃亮的金色小星星轉啊轉地圍繞著。

飛毯停泊在雲層內光滑如鏡的「雲板」上，就像一條專業的飛毯所做的一樣。雲板就是雲層之中的地板，它有點像大理石鋪的地面，但它的顏色是翠綠的，所以看起來更像是一整塊翡翠打磨而成的雲中平台。

等到小玉、招財貓、阿洌小心翼翼地從小貝身上下來，並穩穩地站在雲板上以後，魔毯小貝又恢復成毛巾被小貝的模樣了，還幫忙小玉擦乾被雨水淋濕的頭髮呢。

「咕嘎！真多虧了魔法飛毯小貝的幫忙，當然也要感謝我本人。」

阿虎羅羅也恢復了鳥面人身的原形，站在雲板上。他伸出那隻未受傷的翅膀，指向前面的彩虹橋，說道：「那就是彩虹橋，正確的名稱其實是『發光小菇彩虹橋』。你們只要穿過這條橋，就可以回到人類的世界去了。不過……唔，不管啦，試試看吧！」

走近仔細一看，才發現那座原以為是半透明玻璃材質做成的彩虹橋，根本就是由一簇簇、一團團發出各種不同螢光色彩的發光小菇集合在一起而搭起來的；就連圍繞著橋轉的那些金色小星星，其實也都是游離的金色發光小菇啊。在空中飄浮著的七彩發光小菇，簡直就像是一群群在空氣中游泳的發光水母。

從彩虹橋的這頭走到橋的那頭，也就是從這朵雲裡走到另一朵雲裡，根本不需要花費多少時間。這是一座搭建在空中的、發亮的彎彎拱

橋，由於整座橋都是由發光小菇所組成，所以走在上面的感覺，有點像是在走吊橋：腳底下浮浮的、有點搖晃，彷彿踩在一堆小皮球上一樣。

招財貓又開始面色沉重了起來，而且他好像沒有心情講話的樣子。

阿虎羅羅很輕鬆地在前面帶路，還不時停下來叮囑大家千萬不要往橋下看，以免因害怕而失足跌落橋下。

當全部人都抵達了橋的對岸時，發現天空突然變成了另一種顏色——一種非常熟悉的暗黑色，點綴著閃亮卻微小的星星，以及一枚銀白色的月亮。真的回到人類的世界了！可是周圍澄澈透明的空氣，卻變得混濁起來，而且到處都是霧，簡直是到了伸手不見五指的地步。

「現在我們就去找你們的父母親吧！」阿虎羅羅絲毫不在意濃霧，又得意地張開翅膀、唸起咒語來：「瓜拉達杯踢摳轟，回到父母的身邊！」

「呼！」轉瞬間，大家已經出現在森林遊樂區裡面了。

這裡搭張著幾座行軍帳篷，帳篷外還有剛升完火的餘燼。其中只有一座帳棚裡面的燈還是亮著的，裡面斷續傳出了小玉的爸爸和媽媽小聲談話的聲音。

爸爸的聲音說著：「我實在想像不出……」

媽媽的聲音則帶著哭腔：「你以為我……都是你……」

聽得出來，他們的心情都很糟。然後，另一座帳篷的燈也亮起來了，從帳篷外面映出了阿冽的父親坐起身來的身影。

就在小玉和阿冽考慮著要不要直接衝進去打招呼時，突然小玉的爸爸掀開帳幕走了出來。他看見小玉，愣住了。

「我有幻覺，我得神經病了。」爸爸開始揉眼睛。

「爸，真的是我啦！我回來了。」小玉開心地大叫著，並且奔跑向前，撲進爸爸的懷裡。

可是……咦，怎麼回事？小玉竟然「穿過」了爸爸的身體，並沒有被爸爸抱住。

「完了……真的發生了，發光小菇的詛咒啊……」一旁的招財貓喃喃自語。

這時的阿虎羅羅早就變身成了一隻蚱蜢，躲在一根芒草上，默默地旁觀著這一幕，順便吸一口葉尖上的露水來飲用。

「我猜得沒錯，我見到女兒的鬼魂了，或者是我發瘋了……」爸爸依舊站在原處自言自語。

緊接著，還沒睡的媽媽，還有另一個帳棚裡的阿冽爸爸，也跟著從帳篷中跑出來。

「天哪！那不是小玉嗎？」

「那不是我的寶貝兒子阿冽嗎？」

他們全都驚奇地大叫著，然後是一連串想要互相擁抱對方卻擁抱不成功的動作——他們都看到了應該看到的人，可是他們都摸不著對方！

「我明白了，孩子們，你們一定是死了。現在出現在我面前的你們，其實是鬼魂。」小玉的爸爸傷心地下了結論，並且拿下眼鏡來擦眼淚。

「不，不，我沒有死啊！我也不知道這是怎麼回事。這裡的霧好大，我摸不到你們！」小玉也慌得差一點哭出聲來。

連媽媽也認為小玉已經死掉了，她以為現在所看到的形影，只是小玉的靈魂而已，於是傷心地說：「就算是死了，小玉，妳的鬼魂也要跟媽咪一起回家去。媽咪可以把妳藏起來，假裝是一個活著的小孩。我們可以像以前一樣的生活在一起，只要不說出去，我們還是可以假裝一切

都跟以前一樣……」

「阿冽，阿冽！都怪老爸不好，早知如此，我當初就給你買無敵超人變裝秀AK49型機器人了。」阿冽的爸爸也對阿冽哭道，他的大鼻子現在看起來更紅了。

「可是我覺得我這樣滿帥的……呃。」阿冽小小聲地回答，他的影像很模糊。

招財貓考慮再三，這時終於決定走到大家的面前，開口說話：「很抱歉！請讓我自我介紹一下，我是招財貓。遇到這樣的情形，其實這都怪我們精靈一時的疏失。讓我解釋給大家聽……」

於是，招財貓在大人們眼球快要凸出眼眶的瞪視下，以及孩子們迷惑、沮喪的注視下，告訴大家，這種情形的產生，都是因為「發光小菇」的緣故——當初，由於利用招財貓「毒菇錢包」裡的發光小菇孢子，讓人類進入了精靈世界，可是卻忽略了發光小菇的魔咒：「一旦願望實現，就不能反悔；一旦啟程出發去了想去的地方，就永遠不能再回來。」如今這個魔咒（只對人類有效，對精靈是無效的）已經生效了：小玉和阿洌雖然走過發光小菇的彩虹橋回到人間，可是並不是真的「完全」回來了——他們的實體部分，可能還被發光小菇們拘留在精靈圈裡面，也就是彩虹橋的另一端。

招財貓把這幾天的遭遇，全都一五一十地告訴了大人，接著，招財貓還請阿虎羅羅一起站出來，向爸爸媽媽們證實他所說的話。

啊哈，當他們看到一隻蚱蜢變回鳥面人身的阿虎羅羅時，那表情是多麼驚嚇，又是多麼地困惑啊。

「那麼，我們現在該怎麼辦呢？」大人們可憐巴巴地問道。一下子遇到這麼多奇怪的事情，相信就連成年人也會一時間難以承受吧？

招財貓想了一下，說：「本來在雨後突然出現、不久又會突然消失的神祕菇蕈類，就與我們精靈界有著密不可分的關係。其中，以發光小菇的法力最強，所以這種菇其實也是最危險的。在大自然中，有好多未知的東西，有時候連我們精靈本身也弄不清楚。這些未知的事情需要被尊重，不要隨便地去觸犯它們。發光小菇的魔咒就是這樣。幸好，對於這個魔咒，我聽說還有最後一種解除的辦法，那就是『交換』。」

「交換？」所有的人都異口同聲地發出疑問。

「唉，沒錯，是交換。」招財貓又開始唉聲嘆氣起來。「誰叫我是招財貓呢？招財貓總避免不了破財消災的命運。」他慢條斯理地不知從何處又拿出了他的毒菇錢包——也就是那枚銀白色、圓珠狀的小囊——從裡面倒出一小撮就像是刨鉛筆心碎屑那樣烏黑的粉末，然後把它們灑在地上。

「這是『蟲洞菇』的孢子，它們很特別，需要雨水的灌溉，才會長出來。等到它們長出來以後，小玉和阿洌，你們兩個就各自摘下一朵來，一邊喊著『招財貓！招財貓！』一邊把它們吃下去。請放心，這種菇沒有毒。吃下它們以後，你們就會恢復正常了。不過千萬要記住，在吃下它們之前，一定要喊我的名字喔。」

接著，招財貓施展了一個從未見過的魔法（現在大家真的相信他是一位偉大的魔術師了）：他把右爪舉到自己的右耳旁邊，然後上下輕輕地摩擦了三次。「一、二、三！」數到三的時候，原本毫無動靜的天空，忽然「嘩啦」一聲下起大雨來了！大家正想躲進帳篷裡避雨，卻發現一碰到雨水，從土地裡立刻鑽出了七八朵細細長長的黑色針菇來，這些黑色針菇就像倒插土中直立的小黑蟲，不停地蠕動著。

「小玉，阿冽，快照我剛才說的去做！」招財貓命令道。

小玉和阿冽趕緊蹲下去，各自拔起了一根蟲洞菇，大聲喊著：「招財貓！招財貓！」，然後把它塞進嘴裡，嚼了嚼，吞下肚去。

雨停了。地上還剩下的五六株黑色蟲洞菇，很快就凋萎、消失了。

「味道怎樣？嗯？」招財貓問。

「不怎麼樣，感覺好像吞下了一根櫻桃梗。」小玉說。

「我剛才太緊張了，所以來不及仔細品嚐。」阿冽聳肩。

「你們做得很好，現在，你們可以擁抱你們的爸爸和媽媽了。」招財貓說。

原來，在吃下蟲洞菇的那一瞬間，小玉和阿冽都恢復正常了——他們結結實實地跟他們的父母親緊緊地抱在一起。

當這兩個人類家族都沉浸在幸福的重逢氣氛中時，招財貓轉身對阿虎羅羅說：「我想把這個先給你。請你替我保管，你也可以把這些孢子，請塔布卡種在你的美麗香菇園裡。」他把毒菇錢包交給了阿虎羅羅。

阿虎羅羅接過那枚銀白色、奇妙的、軟綿綿的珠珠，很驚訝地說：「不會吧，小器的招財貓變大方了。不過，我會好好保存和利用這個毒菇錢包裡的東西，讓我的美麗香菇園變得更美。謝啦！」

「不客氣！」招財貓說，「因為我也會住在你的美麗香菇園裡，直到我找到合適的『軀殼』為止。我打算長期在你家作客，打擾你一陣子，未來的吃吃喝喝我都要靠你了，請多多包涵！」

「你說什麼？你要跟我一起回去？不在人類世界混了？」

「我剛才就是用我在人類世界的軀殼，透過蟲洞菇的魔法，交換回了小玉和阿冽的身體啊。唉，真是有點捨不得放棄這麼可愛的招財貓身體呀。本來我還計畫去法國訪友的，現在這個計畫必須延後了。那麼，我就先回去彩虹橋上等你囉！回程時別忘了來接我。還有，麻煩你自己去跟他們解釋一下。」

「喂，等一下……」阿虎羅羅話還沒說完，招財貓就已經從他所站立的大石頭上跌下來，砰然一聲，陶製的黑色身體碎成了好幾塊！

方才還沉浸在喜悅中的大家都嚇壞了。好不容易，經過阿虎羅羅聒噪又語無倫次地解釋了半天，大家才弄清楚是怎麼回事。剛剛還興高采烈的兩個孩子立刻就扁起嘴來，準備要嚎咷大哭了。

「我不要招財貓走！阿虎羅羅，趕快再種一次那個什麼蟲動菇，我再用我的身體去把招財貓的身體換回來！」小玉嚷著。

「我有模型膠，我可以把這些招財貓的黑色碎片黏起來，重新拼好……」阿冽開始動腦筋。

「別鬧了！這些碎片我要帶回去。誰知道招財貓如果找不到其他合意的軀殼，還會不會再度需要使用到它們？」阿虎羅羅說，「而且我也要回去了。我那裡現在可是有兩位長期客人需要招待哩！嘿嘿，我果然是一位很棒的主人。小貝，你雖然也是精靈，可是你是屬於小玉的精靈，所以你必須留下來，真是遺憾！」

「你在對誰說話？誰是小貝？」爸媽狐疑地問。

「沒什麼啦！」阿虎羅羅對在一旁不起眼的毛巾被小貝眨眨他的黑豆鳥眼，然後轉頭對其他人宣布：「剛才招財貓的魔術一點也不夠看，在我離去之前，讓我變個小魔術給各位欣賞，你們人類就會知道誰才是真正的厲害。請看！」

他猛然平伸出兩隻黑色的翅膀——頓時，在帳棚營地的周圍，無論是土地上、草叢裡、石縫間、樹上、帳篷頂上，凡是看得到的地方，全都一下子冒出了大大小小的傘蕈，各種顏色和螢光的種類都有，大概有幾千幾萬朵！它們在月光下熠熠生光，就像在陸地上漂浮的彩色小水母。

「嘩！」大家不由得發出讚嘆。

可是愛現的阿虎羅羅還不滿足，他想聽到更多的讚美與肯定，於是問那幾個第一次見到這種奇景的成人們：「現在你們還有什麼想要說的？或是有任何問題想問？本人都可以解答。這個機會很難得喔！」

「剛剛的秀很精采，夠優秀，值回票價，我會推薦給我的朋友！」半晌，阿冽的老爸終於開口說道。

「這些菇類可以拿來做菜嗎？它們的滋味如何？」小玉的媽媽問。

「既然機會如此難得……我想拿我的相機，利用這背景，替『芒神』你拍一張照片，留作紀念好嗎？」小玉的爸爸問。

11 外婆的祕密大發現

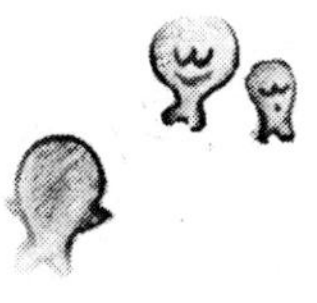

小玉的外婆躺在榻榻米的臥鋪上，翻來覆去睡不著覺。這兩天她都沒睡好，因為好久不見的寶貝外孫女小玉，竟然才剛抵達不久，就在這附近失蹤了！外婆憑著敏銳的直覺，認為八成就是最近很會鬧事的芒神做的好事，可是如果小玉真的是被芒神拐走了，她也沒有辦法可想。現在她臉上的皺紋又增多了好些，感覺既無助又自責。陰暗的日式建築廳堂裡，已經聞不到老婆婆煮東西的香味、聽不見老婆婆爽朗的笑聲了，只有位於走廊盡頭的廁所那邊，不時會傳出便祕的阿公上大號時所發出的痛苦呻吟。

實在是太累了，阿婆勉強自己躺在床上睡一會兒，可是身體彷彿故意跟意志唱反調，硬是無法入睡。毛玻璃的窗外透進了一絲月光，阿婆翻身坐起來，凝視著高掛窗外的月亮，口中喃喃誦唸著：「月神啊，拜託妳幫幫忙，讓小玉趕快回家吧！」她感覺今晚的月亮帶著一圈微藍的光圈，好像透著朦朧水色似的。

「我年紀大了，老眼昏花啦。」她自言自語。

可是奇怪呀，月亮周圍的淡藍色水霧似乎擴散開來，變得愈來愈大，也愈來愈清晰了，從那裡出現了一個小小的「T」字形黑影，慢慢地擺動著身軀，朝著外婆的窗口游了過來！等到那個T字游得更靠近時，外婆發現那個T字其實是一枚香菇——一朵水藍色的、活生生的香菇！在這枚香菇的水藍色傘蕈上，還點綴著許多可愛的粉紅色圓形斑點呢。

這朵藍香菇大約有你的一隻襪子的大小，它就像一條魚一樣，搖頭擺尾地一直游到了外婆開著的窗戶前，然後「砰」的一聲，完美地掉落在阿婆的榻榻米床上，接著立刻跳起來，立正站好。

「阿婆您好！我是咕咕魚，您還記得我嗎？」藍色香菇精神抖擻地打招呼。

「咕咕……什麼……咕咕魚？」外婆重複著這個名字，心想，奇怪，這名字好像聽過又好像沒聽過怎麼辦？於是她按照慣例回答說：「記得，當然記得囉！」

「不必逞強，阿婆，在您這個年紀，會忘記年輕時候的事，是很正常的。」咕咕魚說，「住在森林裡的女巫師派我來這裡，邀請您回去敘敘舊。因為，她一共只收了阿婆您這一位徒弟，所以格外想念您。女巫師在煮晚餐的湯時，忽然說：『我想起來了！已經五十年沒見到我唯一的徒弟了，現在我很想知道她的菜燒得如何。啊，我簡直等不及了，咕咕魚，我派你立刻去請她過來！』為了達成她的心願，我就從湯鍋中跳出來，濕淋淋地即刻趕來這裡了。」

「住在森林裡的女巫師？……嗯，我好像有這個印象。是一位上了年紀的婆婆吧？是不是呢？」

「嗯，她跟您現在的樣子差不多，不過她已經有一百五十歲了。」咕咕魚說，「怎麼樣呢？準備好了嗎？可以答應赴約了嗎？」

「好呀。」

外婆才剛回答完，就發現自己置身在一片茂密的樹林中。前面不遠處，有一棟外表鋪滿了綠色青苔、似曾相識的小木屋，這座有著冒煙煙囪的小木屋，就位在石鋪的平台上，石鋪的平台就位於蜿蜒的石階上，第一階石階就靠近外婆的腳前。粉紅斑點的水藍色咕咕魚在她前面，一蹦一跳地率先踏上了石階。

「跟我來！阿婆，女巫師在等您喔！」

「好，好！」外婆跟著咕咕魚走上了石階。在她一步步爬上石階的時候，石階兩旁的草叢中，好像有一些什麼小東西忙著躲起來了。外婆好奇地蹲下去仔細瞧，恰好發現一隻跟咕咕魚長的很像的淡綠色小東西，睜著一對水盈盈的眼睛，偷偷地在草叢中窺視著她。

「呵呵，咕咕魚，我看到一隻你的小兄弟了。」外婆說。

「那是我的同類，沒錯。同時，我們全都叫做咕咕魚。」水藍色咕咕魚說著，回過身來對那隻躲起來的小咕咕魚說：「咕咕魚，別躲了！出來吧！」

結果，不光是那隻淡綠色的小咕咕魚從草叢中慢慢走出來，在台階兩側的草叢裡，總共大約鑽出了五、六隻大小和顏色都不一樣的咕咕魚

——最大的還是在外婆面前帶路的那隻水藍色咕咕魚，最小的則是一隻不到小拇指粗的鵝黃色小咕咕魚。所有的咕咕魚在水藍色咕咕魚的指揮下，一起對外婆彎腰深深一鞠躬，禮貌地說道：「歡迎客人光臨！」

「我們咕咕魚的顏色，會隨著年齡而變化。那隻最小的咕咕魚，才出生兩天半，所以是黃色的；一週大的咕咕魚，是粉紅色的；一個月大的咕咕魚是淡綠色的，至於我，是一隻八個月大的咕咕魚，所以我是藍色的。」水藍色咕咕魚得意地解說：「到了我這個年齡，就是成熟的咕咕魚了，您可以從我身上新長出的斑點，判斷出我已經八個月大了。」

「成熟就是成年的意思嗎？對咕咕魚來說，八個月就算是大人了？」

「不錯！八個月就是成熟的咕咕魚了，而且可以下鍋了！」咕咕魚高興地說。

「下鍋？你是說……被煮……煮來吃嗎？」

「正是如此！」

小木屋的門吱呀一聲打開了，門前站著一位胖墩墩、笑瞇瞇的老巫婆，她就是邀請外婆來此的主人：森林裡的女巫師。

「請進，請進！好久不見——有五十年了，剛好是一百年的一半。親愛的徒弟，妳變了好多啊，五十年前的妳，是一個美麗的少女，現在已經變成一位美麗的老太婆了。至於我自己，卻是一點都沒有改變，永遠都是『全世界最美麗的老巫婆』。呵呵呵呵！」老巫婆熱情地走上前來，握住外婆的手，把她拉進小屋內。水藍色咕咕魚也蹦跳著跟了進去。

一踏進小木屋內，外婆就把所有的事都記起來了：在這五十年間，由於魔法失效的緣故，外婆完全忘記了她少女時期，曾經在散步時誤闖進魔法森林的範圍內，還遇到了森林裡的女巫師和一大群住在森林中的咕咕魚。

這位女巫師其實是一位烹調大師，她的手藝可以說是頂尖的，舉凡魔法世界和人類世界，任何人吃過她親手烹調的食物，保證永難忘懷。

少女時代的外婆，曾經住在這幢女巫師的小木屋中好幾天，跟她學習烹飪的技巧，並且還親手試做出全世界最美味的香菇蘿蔔糕與茶葉蛋來！只不過，當她一回到人類的世界以後，就把這些事情忘得一乾二淨，唯獨保存著對做菜的熱情和手藝，而且在結婚以後，常在不知不覺間，對她自己的女兒講到「咕咕魚」這幾個字——儘管她完全想不起來那是什麼東西，只是在講到這三個字時，就會產生一種很熟悉、很親切的感覺。

外婆環顧室內的景色，只見到處都擺滿了鍋碗瓢盆，但最醒目的是那口擱在火爐上的圓形金魚缸形狀、以黑鐵鑄成的超大湯鍋。她記得這口湯鍋：從前女巫師曾利用它來教導她煮「真正的藥膳」。此刻這口湯鍋中正煮著不知名的墨綠色濃湯，迷人的香味瀰漫了整個室內。這是一種魔湯，喝了它的人，就會永遠保持快樂的心境。

「想起來了嗎？這個地方一直都沒變喔！咕咕魚也照樣地活蹦亂跳。」女巫師說，「我請妳來的目的，一方面是想看看妳，一方面也是為了慶祝這次的湯很成功。這鍋湯已經熬了一百零一天，加入了三百六十六種材料配方。現在還差最後一種材料，只要把它加進去，就大功告成了。」

「恭喜妳！師傅。」外婆好奇地問，「請問，最後要加入的材料是什麼？」

「喔，這是最後一種也是最重要的一樣材料，那就是剛剛被我派去請妳過來的咕咕魚。」

「是我！是我！」腳旁的水藍色咕咕魚聽到自己的名字，忍不住興奮地跳上跳下叫嚷著，「哇噢，我好期待這一刻的來臨！經過八個月鑽在泥土裡和在陸地上跑來跑去的日子，我終於可以被拿來做湯了，而且將要做成一鍋了不起的湯！」

「咕咕魚啊，你可知道，被做成湯以後，就會被人吃下肚裡去。你真的樂意變成食物嗎？」看著可愛的咕咕魚，外婆有些於心不忍。

「我們咕咕魚都很樂意被吃，因為我們就是食物的靈魂，現在的我們，只是一種『過渡』的型態，直到我們融進了食物之中、分享給別人，我們的生命才會圓滿。所以，我們咕咕魚非常、非常期盼被做成一道可口菜餚或湯品的那一天，那就是我們生命的目的。而且，我們所加入的食物，會變得完全不一樣喔。」咕咕魚說道。

這時，在鍋中攪拌著大木頭湯杓的女巫師點點頭笑道：「咕咕魚，你大顯身手的時間到了。跳進來吧！」

「噢！耶！掰掰囉，各位！」咕咕魚歡呼著，猛力往上一躍，就準確無誤地跳進了冒著綠色泡泡沸騰的湯中。

剎那間，那湯汁像是吞下了一枚魚雷，沉靜了一秒鐘，接著向上濺起了一陣金藍色的、大理花花瓣形狀的水花，隨著水花的落下，一股銀藍色的熱蒸氣開始升騰，並在湯鍋的上方形成一個歪七扭八的咕咕魚面孔的形狀，那張咕咕魚的笑臉張開嘴來，帶著嗡音吐出一句：「窩～底～添～拿～！」隨即消失不見。

緊接著，那鍋濃湯突然變得像清水那樣清澈，女巫師趁此機會賣力攪拌，再下一秒，湯又恢復了濃稠的型態，只是變成了金色的濃湯。一股外婆這輩子從未聞過的、最芳香最濃郁的味道，頓時撲鼻而來，充溢了整座小屋。連屋外的樹木們聞到了從小屋煙囪內排放出來的香味，都忍不住搖撼著枝椏齊聲驚嘆：「噢！天哪！」

女巫師請外婆共同分享一碗剛舀起的濃湯。外婆發覺這絕妙的滋味真是美得難以形容，而且才喝了一口，立刻就覺得渾身舒暢、快樂得不得了。

「這種湯很珍貴，會讓人永遠保持快樂的心情。」女巫師宣布，「我費了許多功夫才大功告成，當然也要感謝咕咕魚的襄助。所以，待會兒我要把這鍋湯分給森林裡的所有動物和植物們一起品嚐，讓大家也都能夠擁有愉快的好心情。」

「啊，真是快樂啊！」外婆像小女孩般開心地跳著鼓掌，「對！一定要趕快分享出去，否則就會失去美味的魔法了。」

＊　＊　＊

當外婆自榻榻米臥鋪上醒來時，發現太陽已經曬屁股了。原來昨晚她因為太累，所以不知不覺睡著了，還做了一個很長的夢呢！不過那夢是如許的真實，她甚至記得很清楚自己在夢中所說的最後一句話：「一定要趕快分享出去，否則就會失去美味的魔法了。」

不知為什麼，這個夢令她感覺很輕鬆、不再那麼緊張了。

12 也許下次還會見面

已經是中午了，炎熱的太陽當空高掛著。髒兮兮的小玉和髒兮兮的小貝，還有累得慘兮兮的爸爸和媽媽回到外婆家時，聞到屋內充滿了熟悉的茶葉蛋香氣。

「啊，外婆又在做茶葉蛋了！」小玉不顧自己一身狼狽的模樣，抬起頭，皺著鼻子猛嗅空氣。過了一會兒她又說：「不對，好像還多了一種香味……」

外婆聽到聲音，急忙從廚房裡衝出來，緊緊地擁抱住小玉。

「我就知道！我就知道你們會平安回來的。」外婆手裡還拿著鍋

鏟，眼睛泛著淚光，嘴巴卻笑得合不攏。「所以我正在廚房裡為大家預先準備慶祝這一天的餐點：『花草茶葉蛋』和『咕咕魚炒麵』！」

「什……媽，您剛剛說什麼？『咕咕魚炒麵』？」媽媽顯得很驚訝。

「嘿，老婆？」爸爸好像也想起了媽媽曾經做過的「咕咕魚麵」，所以望著媽媽，心照不宣地抬了抬眉毛。

「放心！女兒，待會在餐桌上好好地跟我說說事情的始末，告訴我你們是在哪裡找到我的寶貝小玉。然後啊，我一定會把這兩道獨門絕活、拿手好菜的祕方，詳詳細細地『傳授』給妳們母女倆！」外婆笑呵呵地說。

「真的喔，說到一定要做到！」媽媽的表情瞬間從疑問轉變為欣喜。

這時，外公也從長長的陰暗走廊中走出來歡迎大家，他說：「今天真是好通暢啊……回來就好，回來就好！小玉，待會一定要好好跟外公

講一講，這幾天跑到哪裡去玩了喔……」

後來在餐桌上，發生了兩件重要的事：第一件，就是全家人在吃過外婆所做的咕咕魚炒麵之後，都一致同意，這是大家有生以來所吃過最好吃的炒麵了。大家也公認外婆新做的花草茶葉蛋非常美麗：每一顆茶葉蛋的外殼上，都鑲嵌有花葉拓印的圖案，真是太神奇了。第二件事，就是爸爸宣稱他已經拍到了全世界最難得的照片——也就是芒神本尊的照片！

「我現在就可以讓大家欣賞一下！」爸爸口中還嚼著尚未吃完的食物，就與沖沖地取出他的相機來。他打開開關，看看數位存檔畫面，結果發現——

一片空白。

爸爸起初不敢相信自己辛辛苦苦拍的照片竟然都不見了，繼而懊惱地猛抓著已呈現禿頭跡象而所剩不多的頭髮，不停唸著：「怎麼會這樣呢？怎麼會這樣呢？」

還是外婆比較有智慧，她說：「一定是芒神不想曝露行蹤給大家知道吧。」

「對了！阿虎羅羅有送給我和阿冽紀念品喔，是很珍貴的寶石呢！」小玉想起了背包中的紅寶石和藍寶石，連忙打開背包，把它們取出來。

嘿！結果各位猜猜怎麼了？

——你猜得沒錯！

小玉從背包裡取出了兩枚雞蛋般大小的普通「鵝卵石」來。

看來，芒神又開了大家一個玩笑。

「女兒，等一會兒，我會把這兩道好菜的做法和祕方都詳細地寫下來給妳。我可是不開玩笑的喔，好東西一定要分享，不然就會消失不見。」外婆偷偷對坐在旁邊的媽媽擠眉弄眼。

媽媽眉開眼笑得幾乎把嘴都笑歪了——除了寶貝的家人外，她最在意的就是食譜了。

「其實我們最要感謝的，就是我們家的守護神：黑色招財貓。要不是他幫忙，你們現在還被困在精靈圈裡面，出不來呢！」外婆感慨地望著空空如也的櫃子。

「咦？黑色招財貓？我們家以前有一隻黑色招財貓嗎？」外公搔著頭疑惑地問。他完全不知道有招財貓這件事呢。

＊　＊　＊

啊，太舒服了！經過洗衣機洗滌後，香噴噴的小貝終於被晾在院子裡的竹竿上、曬著暖乎乎的陽光了。天氣真好，微風吹拂著毛巾被小貝的身體，讓它飄呀飄的。如果各位讀者們也同樣身為毛巾被的話，就會知道這有多舒適了。

小玉站在曬衣竿下，一面舔著芋仔冰棒，一面像平常那樣對小貝說話。

「媽今天又重新做了外婆教的咕咕魚麵給我吃，比上次在家做的好吃多了。那真是一盤完美的菇菇麵！吃了就忘不掉那種滋味，連爸都連吃三大盤呢！真厲害。」

接著她吞下最後一口冰，嚴肅地蹙眉、緊握拳頭：「我相信我們還會再見到招財貓。因為我有信心！信心是世界上最強的魔法，沒有一種魔法可以強過它。不過，我現在肚子好像無底洞，還想吃媽做的藍莓布丁蛋塔。小貝，你也相信我們會在世界上的某個地方，再度遇見招財貓吧？」

「我相信啊，因為我也有信心。」小貝回答，雖然沒人聽得見。

「我希望能在埃及跟他碰面。不用等多久，我就長大到可以隨我自己的意思出國旅行的年紀。我第一個要去的地方，當然就是埃及。」小玉自顧自說下去。「到時候，我也會帶你一起去。那時你想變成什麼？金字塔小貝？兀鷹小貝？人面獅身小貝？還是……？」

「我想，我還是當毛巾被小貝吧。」小貝在心中悄悄回答。

（完）

後記

台灣真的有很多「發光小菇」！它們又稱「螢光蕈」或「夜光蕈」，據說目前已經被發現的種類有「皮傘」、「黃綠螢光小菇」、「叢傘絲牛肝菌」、「螢光菌」等等。這些會發出綠色螢光的菇類，一般在春、夏兩季出現，分布在低海拔的竹林中（大多生長在腐爛的竹筒上）。阿里山華村頂笨仔，就是欣賞發光小菇的好地點，在梅雨過後的夜晚，到竹林地中找找，也許就能找到傳說中的「綠光」喔。

說到「芒神」，在中國古代經典《山海經》中提到，東方有一位叫做「句芒」的神，具有鳥面人身，還騎著兩條龍，他同時也是春神、木神，是主宰著草木和各種植物成長，以及農業生產之神。至於台灣民間傳說中的芒神，又稱為「魔神」，那是一個出沒於荒野或山林間的精靈，跟《山海經》裡說到的句芒不太一樣。反正不論是哪一種，就看你信不信了：相信就是最大的魔法！

兒童文學36　PG1914

招財貓與發光小菇

作者／王喻
插圖／王喻
責任編輯／洪仕翰
圖文排版／周妤靜
封面設計／蔡瑋筠
出版策劃／秀威少年
製作發行／秀威資訊科技股份有限公司
114 台北市內湖區瑞光路76巷65號1樓
電話：+886-2-2796-3638
傳真：+886-2-2796-1377
服務信箱：service@showwe.com.tw
http://www.showwe.com.tw

郵政劃撥／19563868
戶名：秀威資訊科技股份有限公司
展售門市／國家書店【松江門市】
104 台北市中山區松江路209號1樓
電話：+886-2-2518-0207
傳真：+886-2-2518-0778

網路訂購／秀威網路書店：http://store.showwe.tw
國家網路書店：http://www.govbooks.com.tw
法律顧問／毛國樑　律師

總經銷／聯寶國際文化事業有限公司
221新北市汐止區康寧街169巷27號8樓
電話：+886-2-2695-4083
傳真：+886-2-2695-4087

出版日期／2018年3月　BOD一版　**定價**／250元
ISBN／978-986-5731-82-3

秀威少年
SHOWWE YOUNG

國家圖書館出版品預行編目

招財貓與發光小菇 / 王喻著. -- 一版. -- 臺北
市 : 秀威少年, 2018.03
面； 公分. -- (兒童文學 ; 36)
BOD版
ISBN 978-986-5731-82-3(平裝)

859.6 106025281

讀者回函卡

感謝您購買本書，為提升服務品質，請填妥以下資料，將讀者回函卡直接寄回或傳真本公司，收到您的寶貴意見後，我們會收藏記錄及檢討，謝謝！
如您需要了解本公司最新出版書目、購書優惠或企劃活動，歡迎您上網查詢或下載相關資料：http:// www.showwe.com.tw

您購買的書名：________________________________

出生日期：________年________月________日

學歷：□高中（含）以下　□大專　□研究所（含）以上

職業：□製造業　□金融業　□資訊業　□軍警　□傳播業　□自由業
□服務業　□公務員　□教職　□學生　□家管　□其它_____

購書地點：□網路書店　□實體書店　□書展　□郵購　□贈閱　□其他

您從何得知本書的消息？
□網路書店　□實體書店　□網路搜尋　□電子報　□書訊　□雜誌
□傳播媒體　□親友推薦　□網站推薦　□部落格　□其他__________

您對本書的評價：（請填代號　1.非常滿意　2.滿意　3.尚可　4.再改進）
封面設計____　版面編排____　內容____　文／譯筆____　價格____

讀完書後您覺得：
□很有收穫　□有收穫　□收穫不多　□沒收穫

對我們的建議：________________________________
____
____
____

請貼
郵票

11466
台北市內湖區瑞光路 76 巷 65 號 1 樓
秀威資訊科技股份有限公司 收
BOD 數位出版事業部

(請沿線對折寄回,謝謝!)

姓　　名:________________　年齡:________　性別:□女　□男

郵遞區號:□□□□□

地　　址:________________________________

聯絡電話:(日)________________(夜)________________

E-mail:________________________________